# 이주초기 문헌설화집

Series of Korean Literature at China

이 전집은 대산문화재단의 2006년 해외한국문학연구 지원을 받았습니다.

연세국학총서73
중국조선민족문학대계 18

# 이주초기 문헌설화집

연변대학교 조선문학연구소
김동훈·허경진·허휘훈 주편

보고사

◉ 권 철

중국 연변대학 조문학부 졸업. 연변대학 조문학부 교수로 재직하며 민족연구소장을 역임
하고, 현재 조선문학연구소 고문으로 있다. 저서로『광복전조선민족문학연구』,『중국조선
족문학』등이 있다.

◉ 김동훈

중국 중앙민족대 중문학과 졸업, 중앙민족대와 연변대 교수를 거쳐 현재 상해공상외대
한국어 학부장으로 있다. 연변대조선언어문학연구소 소장, 북경대조선문화연구소 고문
역임. 저서로는『중국조선족구전설화연구』,『조선족문화』,『중국조선족문학사』(공저),『간
명한국백과전서』(주필),『중국조선족문화사대계』(총주필) 등이 있다.

◉ 허경진

한국 연세대 국문학과 및 동 대학원 졸업. 목원대 국어교육과 교수를 거쳐 현재 연세대
국문학과 교수로 있다. 2005년부터 중국 연변대 겸직교수로 재직중이다.

◉ 허휘훈

중국 연변대 조문학부 및 동 대학원 졸업. 문학박사. 현재 연변대 조문학과 교수로 있다.
연변대 조선문학연구소 소장, 연변민간문예가협회 이사장이다. 저서로『조선민간문화연
구』,『조선문학사』(공저),『중조한일민담비교연구』(주필) 등이 있다.

연세국학총서73
중국조선민족문학대계 18

# 이주초기 문헌설화집

초판 1쇄 발행 _ 2007년 6월 28일

주편자 _ 김동훈 · 허경진 · 허휘훈
        연변대학교 조선문학연구소
발행인 _ 김흥국
발행처 _ 도서출판 보고사
등  록 _ 1990년 12월(제6-0429)
주  소 _ 서울시 성북구 보문동 7가 11번지 2층
전  화 _ 922-5120/1(편집) 922-2246(영업)
팩  스 _ 922-6990
메  일 _ kanapub3@chol.com
홈페이지 _ www.bogosabooks.co.kr
ISBN _ 978-89-8433-419-9(94810)
       978-89-8433-401-4(세트)
정  가 _ 12,000원

# 간행사

　우리 조상들이 중국 땅에 이주해온 이후, 오랜 역사를 통해 탁월한 저력으로 독자적인 문화를 창출해냈고 또한 많은 문화유산을 물려주기에 이르렀다. 그 가운데 우리 조상들의 알찬 삶의 지혜와 다양한 경험들이 축적되어 있다. 바로 이 때문에 문화유산 중 큰 비중을 차지하는 구비문학과 기록문학이 소중하며, 다시 읽어야할 보전(宝典)으로 남게 되었다.

　과경(跨境)민족으로서의 중국 조선민족은 19세기 후반이래로 수차의 문화적 격변의 시대를 살아왔다. 이른바 개화기의 격류 속에서는 전통문화와 서구문화사이의 갈등, 한문학과 국문문학 간의 교체를 경험했고, 식민지시대에는 국문문학의 문체혁신과 일제에 의해 책동된 선동문화의 쇄멸 말살이라는 시련을 겪기에 이르렀다. 이런 변화와 역경 속에서도 중국 땅에 망명하였거나 이 땅에서 유·이민 혹은 정착민으로 생활해온 우리 겨레의 지조 있는 애국문인들은 결코 붓을 던지지 않았다. 류인석, 김택영, 신규식, 신채호, 안중근, 리상룡, 김정규, 김소래, 최서해, 염상섭, 주요섭, 최상덕, 강경애, 현경준, 김창걸, 안수길, 박영준, 황건, 김조규, 윤동주, 박팔양, 이육사, 함형수, 리학성, 천청송, 김학철, 윤해영, 채택룡, 설인 등 헤아릴 수 없이 많은 문학도와 시인, 작가들이 바로 필설로 그 시대를 증언해온 대표적인 지성인들이다.

　그들 중에는 고국을 떠나 갈바람에 흩날리는 낙엽처럼 정처 없이 떠돌다 두만강, 압록강을 건너와 허허 넓은 만주벌판, 낯선 이국땅 서러운 추녀 밑에서 간도아리랑을 부른 망향시인이 있었고 하늬바람 불어치는 산해관을 넘어 북경, 서안, 상해, 무한 등 천년고도에 떠돌이로 남아 언론매체를 빌어 '천고'를 울리고 '진단'을 노래하고 청구의 '광명'을 만방에 호소한 청년전위가 있었는가 하면 백산, 흑수, 송료, 제로, 태항, 중원의 고전장에서 융마일생을 수놓아 가며 목숨을 바친 무명용사도 있었다. 여순, 나가사끼, 후꾸오까의 감옥에서 단지혈맹의 뜻을 굽히지 않고 다리를 절단해가면서도 끝까지 혁명의 지조를 지켜왔거나 끝내 '한 점 부끄럼 없이' 꽃처럼 피어나는 피를 민족의 제단 앞에 바친 암흑기의 푸른 별들도 있다. 그들은 문자에 앞서 몸으로 지탱해온 삶 그 자체가 더 고결하고 값진 것으로 여겨왔던 것이다. 그들의 피와 땀으로 가꾸어온 문화의 숲은 헌걸찬 우리 민족의 에너지를 부단히 충전시켜 주는 불멸의 혈맥, 끈질긴 생명력의 고동으로 무성하게 자라고 있으며 영광과 비애의 굴곡, 흥망과 성쇠의 기복이 교차되는 수많은 역사 주체의 명멸을 간직한 채 군건하고 강인한 기백으로 오늘날까지 민족의 정기를 면면히 이어주고 있다.

그들이 남긴 풍부한 문학유산은 그동안 중외(中外)학자들에 의하여 적지 않게 발굴 연구되었으나, 지금까지의 연구는 단편적인 자료에 근거를 둔 것으로서 그 진면목을 체계적으로 파악하기에는 역부족이라고 할 수 있다. 이런 의미에서 중국 조선족과 광복 전 재중 한인, 조선인들의 문학 자료를 체계적으로 발굴, 정리, 출판하는 것은 정체(整体)적인 민족문학연구에서 대단히 중요한 작업이 아닐 수 없다. 그들이 남긴 문학 자료는 지금도 중국각지와 해외의 여러 도서관, 박물관, 문서보관소에 신문, 잡지, 일기, 필사본, 프린트본, 활자본 등 형식으로 흩어져있다. 이런 현실을 감안하여 본 대계는 선배들이 중국 땅에 남긴 문학 자료들을 집대성하여 후세인들로 하여금 문화민족으로서의 자긍심을 갖게 하고 애국애족의 정신을 계승 발양하며 문학, 언어, 역사, 민속, 언론, 사회 등 여러 분야를 망라한 학계인사들에게 21세기 중국 조선민족문화의 새로운 비약을 위한 계통적인 연구 자료를 제공하는데 그 목적과 의의가 있다.

중국조선민족문학의 진수를 정리, 간행하기 위한 계획이나 준비 작업은 연변대학 조선언어문학연구소(현재의 조선문학연구소)의 창립과 더불어 20세기 80년대부터 본격적으로 시작되었다. 권철교수를 비롯한 연변대학 조선언어문학연구소의 조선문학 관계 선배학자들은 1950년대부터 벌써 재중조선인 문학자료 수집에 착수하였고 1990년에는 권철, 조성일, 최삼룡, 김동훈 등 네 연구원의 공동 집필로 된 ≪중국조선족문학사≫를 공개출판하기에 이르렀다. 1992년 연변대학 조선언어문학연구소(현재의 조선문학연구소)는 한국 숭실대학교 인문대학과의 공동연구과제로서 소재영, 권철, 김동훈, 조규익 교수를 중심으로 집필한 ≪연변지역조선족문학연구≫를 펴냈다. 같은 시기에 김영덕, 최문식 교수를 비롯한 연변대학 고적연구소에서는 ≪류린석전집≫, ≪김택영전집≫, ≪윤동주유고집≫, ≪한양가≫, ≪연변조사실록≫ 등 중국지역에서 발굴, 정리한 17권의 민족고전을 출판하였다.

이와 동시에 문학현장의 사실을 증언하기 위해 두 연구소 산하의 수십 명의 연구원들은 연변의 각 현시와 북경의 백림사, 상해의 서가회, 남경의 용반리, 심양시 서류보관소 그리고 하얼빈, 대련, 서안, 남통 등지의 도서관, 박물관 등 중국 국내 수백처의 자료관을 누비면서 우리 민족의 해방 전 문학자료들이 흩어져 실려 있는 ≪천고≫, ≪진단≫, ≪천고≫, ≪진단≫, ≪독립신문≫, ≪민성보≫, ≪북향≫, ≪민선일보≫, ≪가톨릭소년≫, ≪광복≫, ≪신한청년≫, ≪조선의용대통신≫, ≪한민≫, ≪연변문화≫ 등 신문과 잡지, 그리고 지난 세기 초부터 이 땅에서 유전되었던 ≪조선민담집≫, ≪장백산강강지략≫, ≪초등소학수신≫용 우화집과 ≪싹트는 대지≫, ≪재만조선인시집≫, ≪혈해지창≫ 등 최초의 소설집, 시집 및 극본들을 속속 발굴하였으며 무려 1,500만자에 달하는 작가문학 자료와 800여 수의 민요, 2,000여 편의 전설과 민담을 수집하였다. 그들은 하늘을 비상하는 나비가 아니라 발로 땅을 기어 다니는 지네와 같이 지나간 역사와 문화현장에 파고들어 문학현상 자체를 자기의 피부로 촉감하고 확인함으로써 오늘의 이 방대한 민족문학대계의 탄생을 준비하였던 것이다.

본 대계의 출간과 관련하여 우리는 다음과 같은 몇 가지 원칙에서 이 사업을 추진키로 하였다.

첫째, 본 대계에는 중국 조선족 작가와 재중 한국인, 조선인 작가들이 건국(1949년) 이전에 창작한 시, 소설, 일반 산문, 극작품 등 일체의 문예작품들을 수록한다.

둘째, 우리 문학의 세 가지 큰 갈래인 조선문 문학, 한문문학, 구비문학을 통해 역사적으로 이룩한 모든 양식을 함께 수록한다. 먼저 건국 전에 창작된 작품을 30권에 나누어 1차적으로 간행하고 이를 더욱 확대하여 진정한 의미의 문학대계가 되게 한다.

셋째, 구비문학작품은 건국 전에 수집된 것과 건국 후에 수집된 것을 망라하며, 그 내용이 해방 전에 이미 구전으로 전승되었음을 감안하여 이를 모두 1차 간행분에 포함시킨다.

넷째, 언어상으로나 역사적으로 가치가 있는 일부 원전은 원전과 현대어역을 동시에 수록한다. 현대어역을 통하여 한문과 원전의 감상을 가능하게 하고 정확한 원전의 제시로 그 연구의 자료가 되게 한다. 단 일부 한시와 고문은 번역 사업이 미처 미치지 못해 원문만 그대로 싣기로 한다.

다섯째, 건국 전의 작가문헌은 그 문체들이 발생한 시대적 선후를 염두에 두면서 한시, 현대시, 소설, 산문, 희곡 순으로 배열하고 구비문학은 민요, 전설, 민담 순으로 배열한다. 건국 이후의 작품은 대부분 쉽게 찾아볼 수 있는 것들이어서 2차적으로 그 출간을 계획해보려 한다.

1차 간행에 교부된 작품집 목록은 아래와 같다.

끝으로 본 대계가 편집 출판되는 동안 관심 있는 모든 분들의 협력과 질정을 바라며 어려운 가운데도 이 사업에 동참해주신 편찬위원, 책임편자, 역주자 여러분과 연변대학 고적연구소 임원들에게 감사드린다.

그리고 본 사업의 취지를 이해하고 편집비를 지원해주신 한국 대산문화재단, 2005년도 연세특성화지원금으로 「중국내 한국관련 문헌자료집성사업단」을 지원해주신 한국 연세대학교의 후의에 감사드리며, 아울러 편집과 교정에서 제작에 이르기까지 노고를 아끼지 아니한 보고사 여러분께도 고마움을 표한다.

2005년 12월 26일

중국 연변대학교 조선문학연구소 전 소장 김동훈
중국 연변대학교 조선문학연구소 소장 허휘훈
한국 연세대학교 국학연구원 허경진

# 편집위원 명단

## ◉ 일러두기

이 ≪대계≫는 다음과 같은 요령으로 엮었다.

1. 중국 조선족의 기록, 구비문학작품을 비롯하여 재중한인(韓人), 조선인이 중국지역에서 창작한 작품들을 함께 수록하였다.

2. 20세기 전반기에 창작 발표된 문학작품을 일차적 선제대상으로 확정하였다.

3. ≪대계≫ 각권의 출판은 한시, 현대시, 소설, 산문, 희곡, 민요, 전설, 민담 순으로 배열하였다.

4. 한시와 기타 한문(漢文)으로 쓰인 원전은 매 편마다 원문을 앞에 싣고 역문을 뒤에 함께 수록하여 상호 참조하기에 편리하도록 하였다.

5. 원전에 나오는 일부 지명, 인명, 전고, 방언과 알기 어려운 글자, 누락, 오기 등에 대해 필요한 주를 달았다. 주석표기는 원문(혹은 역문)에 번호를 붙이고 해당 면 하단에 각주(脚注)함을 원칙으로 하였다.

6. 고한문 원전은 번체자로 표기하고 이해가 어려운 한자어의 경우에는 괄호 안에 한자를 넣어 병기하였다.

7. 간행사와 일러두기 그리고 해설은 한국에서의, 작품의 맞춤법·띄어쓰기·외래어 표기는 중국에서의 현행 조선말 규범원칙을 따르되, 어학적·민속적 가치가 높은 해방 전 원전은 원문 그대로 수록하였다.

8. 본문은 연변의 표기방식대로 실었으며, 해설은 한국의 표준법에 맞추어서 윤문하였다.

9. 이 ≪대계≫에서 사용한 주요 부호는 다음과 같다.

   1) (    ) : 음이 같은 한자를 병기함.

   2) [    ] : 음은 다르나 뜻이 같을 때나 혹은 풀이한 한문을 병기함.

   3) ≪ ≫ : 책명, 작품명, 대화나 인용을 나타냄.

   4) 〈 ? 〉 : 불확실한 경우를 나타냄.

   5)   □   : 원전 또는 원문에서 누락된 문자를 나타냄.

   6) 주석은 ①②로 표시하여 해당 면 하단에 표기함.

# 차 례

## 조선민담집

[러시아] 가린 미하일롭스끼

## 장백산강강지략(長白山江崗志略)

#### 류건봉(劉建封)

## 초등소학수신서(初等小學修身書)

#### 계봉우

# 세간에 잘 알려지지 않은 세권의 문헌설화집과
# 그 문학적 가치

김동훈

조선족 이주 초기에 문학담당층의 불온정과 출판여건의 결핍으로 문인에 의한 구전설화의 채집은 거의 불가능하였으며 따라서 현대적 의미에서의 조신족 문헌설화를 찾아보기란 디오 어려있다. 다행히 이 지여을 답사했던 러시아 탐험가, 중국의 지방관리, 조선의 계몽사상가들에 의해 ≪조선민담집≫(러시아문), ≪장백산 강강지략≫(중문), ≪초등소학 수신서≫(조선문) 등 세 부의 민담, 전설, 우화집이 채록 정리되어 19세기말-20세기 초엽 중국 조선족 이주민 설화의 실태를 단편적으로나마 살펴 볼 수 있게 되었다.

1

≪조선민담집≫은 19세기 러시아 작가 가린 미하일롭스끼(1852-1906)의 ≪조선, 만주, 요동반도 기행≫가운데의 제6장으로서 도합 52편의 이야기가 수록되어 있다. 그 중의 대부분은 민담이고 전설 비슷한 것은 서너편 밖에 안된다.

가린은 동방에 잘 알려지지 않은 작가이다. 19세기 말 러시아문단에서는 비판적 사실주의 문학을 대표하는 한 사람으로서 ≪쬬마의 유년시대≫, ≪중학생≫, ≪대학생≫, ≪기사≫ 등 4부의 자전적 전기소설로 유명했다.

≪조선민담집≫은 가린이 백두산탐험대의 분대장으로 1898년 9월 14일 두만강 하류의 국경초소에 첫발을 디딘 다음 예정된 탐험 노정을 거쳐 두만강을 거슬러 올라 백두산 정상에 도달한 후, 압록강 변으로 하산하여 10월 18일 의주, 안동을 떠날 때까지 35일간에 걸친 조선과 만주의 국경 지대의 답사과정에서 틈틈이 수집한 조선족 민담을 수록한 것이다. 따라서 이 책의 내용을 ≪조선민담집≫이라기보다 ≪백두산 지역 판 조선족 민담≫이라고 하는 것이 좀 더 정확할 것 같다. ≪조선민담집≫에는 두만강, 압록강 유역의 빼어난 자연경관을 배경으로 예로부터 전해 내려오는 백두산 지역의 조선족 이야기가 담겨져 있어, 이를 통해 이 지역에 살던 우리 민족의 기질과 풍속, 당시의 세태 등을 생생하게 전해주고 있다.

이 책에 수록된 이야기들의 주요소재를 살펴보면, 조상과 부모에 대한 공경, 지혜롭고 정숙한 아내, 형제간의 우애, 학문터득의 중시, 노력과 고생 끝에 뜻을 이룸, 남녀간의 지극한 애정 등으로서, 이는 조선반도의 민담의 소재와 대체로 공통된 요소라 할 수 있다.

특히 남녀간의 진실한 사랑의 이야기가 자주 다루어 지고 있는데, 이야기 속의 주인공이 사랑하는 처녀에게 자신의 생명 반을 나누어주는 이야기 <난이와 돌이>라든가, 죽음도 사랑하는 두 사람을 갈라 놓을 수 없음을 그린 이야기 <맹세>, 부귀영화를 다 떨쳐 버리고 사랑하는 지아비를 찾아 헤매는 아내의 이야기 <여덟 가지 불행을 지닌 사람>등은 우리에게 깊은 감동과 더불어, 지고한 사랑 속에 깃든 깊은 헌신을 깨닫게 해 준다. 또한 지배층의 수탈과 백성의 고통, 관직의 매매, 관료들의 부패, 승려계층의 타락, 여인들의 부정 등의 소재와 이와 대조되는, 가난하지만 행복하게 살아가는 서민들의 삶을 다룬 소재는 당시의 생활 형편과 세태풍속을 미루어 짐작케 해주고 있다.

이 책에 담긴 이야기들 가운데 조선반도 남부의 민담과 다른 두드러진 특징으로는, 백두산을 배경으로 천지, 용, 호랑이 사냥 이야기가 자주 등장하고 있고 두만강, 압록강, 송화강의 유래에 관한 이야기가 다루어지고 있다는 점을 들 수 있다. 그 밖에도 이 지역 주민들이 기장쌀을 주식으로 삼고 있었다는 것과 강태공, 공자 등 중원문화의 요소가 가미되어 나타나고 있는 것 등에서 조선족 설화문화의 특징과 조, 한 두 민족 문화의 상호 교류 관계를 엿볼 수 있다. 또한 이야기 속에 마적의 만행과 횡포가 자주 다루어지고 있는 점에서 만주와 조선 접경 지역의 조선족 주민들이 겪어야 했던 고통이 잘 반영되어 있다.

가린은 이 책에 남긴 이야기 선편을 통해 심세한 자연 묘사에 뛰어난 재능을 유감없이 발휘했다.

장백산을 등지고 우뚝 솟은 백두산의 웅대한 모습, 나무와 산들로 첩첩이 둘러 쌓인 아름다운 골짜기 정경의 묘사, 은하수가 흐르는 짙푸른 밤하늘의 신비스런 묘사는 마치 한 폭의 그림을 보는 듯한 시적인 아름다움을 느끼게 한다.

가린의 《조선민담집》은 러시아에서는 물론 세계적으로도 가장 이른 시기에 나온 조선족 설화집의 하나라고 볼 수 있다. 이 설화집이 나오기 전에 구미나라들에서 한두 권의 조선 민담집이 나왔으나 모두 열두 편, 그 것도 작가가 직접 수집한 것은 아니었다.

가린은 작가로서 직접 조선사람들과 무릎을 마주하고 그들의 이야기를 듣고 그 것을 충실하게 기록하였으며 자기 말을 보태거나 윤색하지 않고 조선족 설화의 본래의 모습을 살리기 위해 애썼다.

그는 조선족 마을에 가서 이야기판을 벌려 놓고 러시아어를 잘 하는 조선족 교원 김××의 번역을 통해 이야기꾼이 들려주는 옛말을 재빨리 기록하였으며 자기 말은 조금도 보태지 않고 이야기의 소박성을 보존하려고 애썼다. 이 민담집의 서술내용의 충실성은 작가의 이러한 성실한 자세와

노력에 기인된 것이다.

가린이 수집한 조선족 민담들은 그 주제가 다양할 뿐 아니라 한 이야기에서 뻗어나간 여러 가지 변종들도 있다. 예하면 <지네>, <사랑>, <심청>, <맹세> 등 여러 편의 민담은 두꺼비 보은설화, 춘향설화, 심청설화, 양산백과 축영대 설화의 특이한 변종들인 것이다.

《조선민담집》은 중국 백두산 지역의 조선족 초기 이주민과 조선반도 북부 두만강, 압록강 유역 주민들의 공통한 무형 문화재이다. 왜냐하면 19세기 말-20세기 초엽에 두만강, 압록강 양안의 조선사람과 이주민들은 내왕이 서로 빈번하였고 가린의 답사과정에서 양쪽 국경 지역의 교통시설을 다 이용했기 때문에 조선족 초기 이주민의 설화도 함께 채록되었다고 보아도 무방하기 때문이다.

2

《장백산 강강지략》(長白山江崗志略)은 청나라 말기 길림성 안도현 지현(知縣)이었던 중국인 유건봉(劉建封)이 한달 동안 장백산 지역을 현지답사하고 지은 향토지로서 무려 95편의 장백산에 관한 전설이 수록되어 있다. 그 중에 조선족에 관한 전설이 20여 편, 만족에 관한 전설이 30여 편, 산동 이주민과 관련된 전설이 10여 편, 그 외 족속 불명의 전설이 30여 편에 달한다.

《장백산 강강지략》에 수록된 문헌설화들은 다음과 같은 몇 가지 특색이 있다.

구성 면에서 주로 고대의 여진과 그들의 후예에 의해 창조된 만족 전설, 근대시기 조선의 이주민들에 의해 창조된 조선족 설화, 대량의 산동이주민들에 의해 창조된 한족 전설 등 세 개 부분으로 이루어졌다.

설화의 등장인물들의 계층 면에서 장백산 전설은 토착민, 사냥꾼, 조부,

약초 캐는 사람, 채금노동자, 도승, 풍수선생, 방랑문인, 군사가, 길잡이, 지방관리 등 형형색색의 인간들에 의해 창조되었다. 그들은 태반 전설의 주인공들로서 자기의 신근한 노동, 모험적인 경력, 신기한 자연현상에 대한 발견과 풍부한 상상력에 의하여 이 고장의 인물, 산수, 생물, 풍습, 유물들을 전설화 하는데 성공하였다.

문화적 양상 면에서 장백산 전설은 조선족의 백색문화, 만-퉁구스 족의 샤먼문화를 기저에 깔고 중원풍부한 자양분을 섭취하면서 점차 완성되었다. 전설에 나오는 백의관음, 선녀, 나무꾼, 흰 짐승, 젖무덤 등 이야기는 조선족의 백색문화의 영향하에서 창조된 것이고, 천녀 욕궁처, 왕늪, 방학대, 제사대 등 전설은 여진족의 샤먼문화에서 연생되어 나온 것이며, 견우교, 직녀봉, 여와 증손녀의 돌바늘, 반고의 철산호, 우임금의 치수 등 장면은 황하유역의 고대 신화에서 변이되어 나온 것이다.

≪장백산 상상지략≫에 수록된 전설들을 유형적으로 살펴 보면 지명전설과 동물전설이 가장 돋보인다.

전설에 묘사된 장백산 천지는 신기한 '바다의 눈'으로서 바다와 호흡을 같이 하여 매 주 한 번씩 불었다 줄었다 하며 백두산의 뭇 봉우리는 죄다 물위에 떠있어 오백 년에 한 번씩 흔들린다고 하였다. 이는 오백 년이 돌아오면 왕조가 한번씩 바뀐다던 고대 사람들의 왕조 순환의식을 전설에 주입함으로써 민족의 창성과 나라의 기강을 돕고자 함이었다.

천지 주변에 있는 백운봉, 장군봉, 철활봉, 용문봉, 화개봉, 옥설봉, 관일봉, 칠성봉, 내두산, 녹재동, 홍선천, 견우교 등 명승지에도 사랑과 눈물, 가쁨과 탄식, 승리와 애환이 용해된 갖가지 아름다운 전설들이 깃들어 있다. 도끼로 험한 바위를 쪼개고 용문봉에 치수 기념비를 세웠다는 우임금의 이야기, 석공 일억 만 명이 지황씨의 명을 받고 팔천 년 동안 지구를 구멍 뚫어 아래 우를 직통하게 하였다는 수현산 이야기 등에서 우리 조상들의 자유분방한 환상과 자연에 대한 적극적인 이해 및 지배의 욕구를 보아낼 수 있다.

≪장백산 강강지략≫에는 특이한 동물전설들이 적지 않다. 예하면 대가리가 둘 달린 쌍두새, 머리가 몸뚱이 보다 엄청나게 큰 흰 대두새, 길이 여섯 자 너비 열 자나 되는 횡관수, 꼬리가 아홉 개 달린 여우, 날개가 네 개 달린 나비 모양의 익조, 앞다리가 둘 뒷다리가 하나뿐인 여우 모양의 새발 짐승, 척추가 두 줄 꼬리가 두 개 달린 물고기, 말할 줄 아는 게사니 등이다. 그 중에서도 네 발 가진 털사람이 산속에 살았다거나 항아리만한 큰 대가리에 뿔이 돋고 긴 수염이 달린 금빛용이 천지물에서 노니는 것을 보았다는 이야기는 '천지의 괴물'에 대한 의혹과 더불어 지금도 그 매력을 잃지 않고 있다.

미학적 측면에서 보면 장백산 전설은 중국의 서호나 조선의 금강산 전설에 비해 목가적인 정서, 인공적인 미가 적은 반면에 태고연한 원시림, 무시무시한 화산 폭발, 준엄한 산세, 신비한 천지, 포악한 야수, 진귀한 식물, 천변만화하는 천지의 조화 등 대륙적인 웅혼한 정서가 짙으며 유교, 불교, 도교 등 인위적 종교의 색채가 극히 적고 고산 수림 형의 원시적 매력을 간직한 고대 샤먼문화의 애미니즘 사상이 보다 많이 내비치고 있으며, 정교롭게 다듬어진 인공물들이 배경으로 나타나는 것이 아니라 원시적 형태의 대자연 그 자체가 무대가 되어 독특한 신의 계보를 이루고 있다.

동물숭배에서 만족은 흔히 뱀과 새를 신령으로, 한족은 용과 여우를 신령으로, 조선족은 백호와 백사슴을 신령으로 모시고 있다. 심리적 경향에서 만족 전설에는 민족적 자부감이 강열하고, 한족의 전설에는 치부의 욕구가 강열한 반면에 조선족 전설에서는 효도, 정조, 우애 등 윤리도덕적 추구가 보다 더 강열하다고 할 수 있다.

3

≪초등소학 수신서≫는 프린트 본으로 전해지고 있는데 1914년 3월 16일에 등사했다. 편자가 입수한 이 책은 1986년 봄, 흑룡강성 밀산현의 한 농가에서 발견된 것인데 그의 조상 때부터 보관되어 내려온 것이라고 한다.

고증한 데 의하면 이 책은 1910년대 '북간도 연길현 국자가 지타소 농림동'부근에 있던 조선족 사립학교의 수신교과서로 사용되었다. 위 만주국시기 일본인이 쓴 ≪소수민족 교육사전≫에 1910년대 간도에서 사용한 수신교과서는 이동휘의 지휘하에 계봉우 등 계몽사상가들이 집필한 것이라고 쓰고 있다. 계봉우는 1912년에 연길 근교에 있는 광성학교에서 역사, 어문을 가르쳤고 그가 쓴 이 ≪초등소학 수신서≫는 전래 우화나 동화를 빌어 알기 쉽게 우리 민족의 도덕관, 민족관, 국가관을 채택한 것이다. 당시 일제는 조선총독부를 통해 조선어 말살을 기도했기 때문에 계몽사상가들은 반일 민족사상을 고취하기 위해 스스로 교재를 편찬할 수 밖에 없었다. 이런 의미에서 ≪초등소학 수신서≫의 발행은 문학적 가치에 앞서 우선 반일 운동사에서 중요한 의의가 있다. 편자가 조사한데 의하면 등사판으로 된 이 책은 지금까지 발견된 20년대 "북간도" 최초의 민간 서지라고 할 수 있다.

≪초등소학 수신서≫는 전체 60과로 구성되는데 과목마다 그 내용을 알아볼 수 있는 그림이 동반되어 있다. 책의 제목이 수신서이므로 과목이 수신에 알맞게 구성되었으며 형제간의 우애, 친구간의 우정, 부모에 대한 효도, 양보와 미덕, 애국심 등 인간으로서 지켜야 할 부분을 모두 망라했다.

이 수신서에 일관된 중심사상은 애국 애족, 민족 자강, 반일 반봉건 정신이다. "수신"이라는 말 자체가 "수신제가 평천하"(修身齊家平天下)라는 유가적 교리에서 온 것이고 "인의애지신"(仁義愛智信)의 유교적 윤리도

덕 기준이 근간이 되고 있는 것이 사실이지만, 그 밑바닥에 줄기차게 흐르고 있는 기본정신은 근대 계몽사상가들이 선양하던 민족, 민주, 민권 등 진보적인 사상조류였다. 이 책이 문헌설화 자료집으로 그 자치를 인정받게 되는 주요한 이유는 과목의 예문들이 대부분 청소년들이 알가 쉬운 동화나 우화 형식으로 엮어졌다는 것이다. 제9과 "교긍"(驕矜) 한편은 이솝우화에서 발췌한 것이고 전체 30%이상, 근 20여 편이 되는 우화나 동화는 조선민족의 재래설화에서 인용된 것이다. 설화나 우화를 인용했다 하더라도 200자에서 500자 이내로 편폭이 제한되어 있기 때문에 강의시 교사의 보충 설명이 필요했다. 이 수신서는 현실적이고 과학적인 사고를 키우며 백성들에게 애국심, 독립심, 항일정신을 불어넣고자 하는 편찬자의 의도가 역력하다.

문학적 각도에서 볼 때 이 수신서는 근대시기 즉 이주초기 조선족 민중들 속에 가장 널리 유전되었던 민간우화들의 실태를 단적으로 보여주고 있다는 점에서 중요한 의의가 있다. 이 밖에 등사본을 통해 1910년대 연변지역에서 사용되던 조선말 문법, 철자, 띄어쓰기 등 언어적 실태를 알아볼 수 있는 문헌적 근거를 제공해주고 있다는 점에서 높이 평가해야 할 것이다. 조선족이 집거하고 있는 연변지역과 관련된 상기의 문헌설화집 세 책을 한데 묶어 출판하게 된 것은 참으로 행운이 아니라 할 수 없다. 민담, 전설, 우화라는 세 가지 문체가 문헌설화라는 큰 틀 안에 집합될 수 있었고 러시아 작가 가린, 중국 문인 유건봉, 조선족 계몽사상가 계봉우 등 이 세 민족의 세 작가가 함께 이 책에서 상봉하게 된 것도 역사적 우연일 수밖에 없다.

혹이 아직도 민간에 파묻힌 문헌설화자료들이 있을지도 모르므로 앞으로도 유지 인사들과 여러 전문가들의 관심이 계속 이쪽에 많이 돌려지기를 기대하는 바이다.

## ⦿ 일러두기

1. 제1부 『조선민담집』은 러시아 작가 가린 미하일롭스끼가 1898년에 채록하고 김녹양 선생이 번역하여 1987년 (주)창비에서 간행한 책에서 일부를 재수록하였다. 저작권 협상에 따라 3분의 1을 넘지 않게 하기 위해, 백두산과 압록강, 두만강 일대의 이야기 14편을 골라 편집하였다.

2. (주)창비 번역판에서 빠진 민담 3편, 「이씨왕조」, 「조선을 통치하는 왕조에 대한 두 번째 전설」, 「수달에 관한 전설(만주와 조선왕조의 기원)」은 강철 HK연구원(연세대학교 미디어아트연구소)이 따로 번역하여 실었다.

3. 제2부 『장백산강강지략(長白山江崗志略)』은 청나라 관원 유건봉(劉建封)이 중문으로 기록한 책인데, 그 가운데 조선민족과 관련된 설화 23편을 골라 번역하였다.

4. 제3부 『초등소학수신서』는 독립운동가 계봉우가 저술해 1914년에 등사판으로 출판한 책인데, 해제를 쓴 김동훈과 조원섭·권철 등으로 구성된 조선족민간자료조사진이 1986년 흑룡강성 밀산현의 한 농가에서 발견한 것을 맞춤법 그대로 입력하였다.

# 조선민담집

가린 미하일롭스끼 지음

# 토끼

용왕이 병이 나자 물고기 의원은 토끼의 간만이 그의 생명을 구할 수 있노라고 용왕에게 고했읍니다.

그러자 용왕은 연어에게 토끼를 잡아 오라는 명령을 내렸읍니다. 명령을 받은 연어는 헤엄쳐가기 시작했읍니다. 그러나 바닷가에서 그만 낚시에 걸리고 말았읍니다.

다시 메기를 보냈으나 메기도 역시 낚시에 걸려 버렸읍니다.

그러자 이번에는 물뱀을 보냈읍니다. 그러나 물뱀은 바닷가로 무사히 기어 나오기는 했지만, 달구지 바퀴에 납작하게 깔려 죽고 말았읍니다.

그러자 이번에는 거북이를 보냈읍니다. 무사히 땅에 도착한 거북이는 온갖 짐승들의 임금인 호랑이를 찾아가 이렇게 말했읍니다.

"임금님, 저희 나라 임금이신 용왕님께서 병환으로 돌아가시게 되었사온데, 의원 얘기로는 용왕님께서 토끼의 간을 드시지 못한다면 살아날 가망이 없다고 하옵니다."

호랑이 임금은 주의 깊게 듣고 나서 토끼를 데려오라고 명령하였읍니다.

토끼를 데려오자 호랑이 임금은 "용왕님이 너를 부르신다 하니 이 거북이를 따라가거라."하고 말했습니다.

토끼는 거북이와 함께 가면서, 용왕이 자기한데 무슨 볼일이 있는지 그 까닭을 캐어물었습니다.

거북이는 토끼를 데려가는 까닭을 이야기해 주었읍니다.

"하지만 내게서 간을 꺼낸다면, 내가 어찌 더 이상 살 수 있겠어요?"

"그건 내가 알 바 아니야."하고 거북이가 말했습니다.

"그런데 한 가지 말씀드리고 싶은 게 있는데요. 저한테는 절름발이 친척이 하나 있답니다. 그는 한쪽 다리를 절기 때문에, 도무지 사는 재미가 없다고 오래전부터 불평을 해왔지요. 그런데 당신네 임금께서는 토끼의 간이기만 하면, 그것이 누구의 간이건간에 매한가지가 아니겠어요? 그러니 잠시만 기다려 주세요. 제가 얼른 바로 요 숲으로 달려가서, 서둘러 절름발이 토끼를 데려올 테니까요."

"그야 뭐 좋아. 이러나 저러나 나한테는 마찬가지니까."

거북이는 이렇게 말하고 토끼를 놓아 주었습니다.

토끼는 급히 숲 속으로 도망쳐 눈깜짝할 사이에 멀리 사라져 버렸습니다. 한참을 기다리다 지쳐 버린 거북이는 혼자서 터덜터덜 용왕에게로 돌아갔습니다.

처음부터 끝까지 이야기를 다 듣고 난 용왕은 거북이에게 다시금 호랑이 임금에게 가 보라고 명령하였습니다.

호랑이 임금을 찾아간 거북이는 토끼가 자기한테서 떠나게 된 까닭을 낱낱이 고해 바쳤습니다.

"흐음, 잘 알겠으니 너는 혼자서 용궁으로 돌아가 보아라."하고 호랑이 임금이 거북이에게 말했습니다.

"토끼를 찾아서 너와 함께 보낸다 해도, 토끼는 꾀를 내어 네게서 또다시 도망칠 게 뻔한 노릇이다. 그러니 토끼를 찾게 되면, 아주 믿을 만한 자를 딸려서 용왕에게 보내도록 하마."

임금이 자기를 또다시 찾고 있다는 소문을 들은 토끼는 이런 생각을 하였습니다.

'그래, 죽은 목숨이 되어 버린 지금에 와서는 차라리 마적(여기에서는 중국의 화북, 만주 지방의 말 탄 도적의 무리를 일컬음)이나 되는 게 낫지.'

그리하여 토끼는 마적이 되었습니다.

그러던 어느 날, 토끼는 거북이가 길을 따라 기어 가고 있는 것을 보게 되었읍니다.

"너 어디로 가는 길이냐?"

거북이에게 토끼가 물었읍니다.

"바로 너희 임금님께 가는 길이야. 우리 용왕님께서는 이미 돌아가셨으니까, 더 이상 아무 염려 마시라는 말씀을 드리려고 말이지."

이 말을 들은 토끼는 당장 거북이를 앞질러 달려가, 호랑이 임금 앞에 정중히 무릎 꿇고 앉아 이렇게 말했읍니다.

"임금님께서 저를 찾으신다는 소문을 듣고 이렇게 달려왔사옵니다."

"그런데 너는 지금까지 어디에 가 있었느냐?"

"저는 중국 국경 가까이에 살고 있는 십칠촌 아저씨 댁에 갔었사옵니다."

"그런데 왜 지난번엔 거북이한테서 도망쳤느냐?"

"저는 도망친 게 아니오리 허락을 받고 간 것이옵니다. 저 대신 절름발이인 제 아저씨를 데려오도록 허락을 받은 것이지요. 저는 바로 이 절름발이 아저씨 댁에 달려갔다 오는 길이옵니다."

"그래서?"

"예, 하오나 그 아저씨는 오지 않겠답니다. 아직은 죽고 싶지 않다는 거예요."

"그렇다면 네가 가는 수밖에 없지."

바로 이때, 거북이가 용왕이 죽었다는 전갈을 가지고 도착하였읍니다.

"흐음, 그래, 용왕님이 돌아가셨다고…… 돌아가셨다……?"

호랑이 임금은 혼잣말처럼 중얼거린 후, 토끼에게 상을 주어 자유롭게 놓아 주었다고 합니다.

# 강태공의 돌무더기

중국 주 나라의 무왕 시대에, 두만강 유역의 아오지란 고을에 강태공이라는 팔십 세 된 노인이 살고 있었읍니다.

그는 앞일을 내다볼 줄 아는 사람으로서, 자신이 이제 겨우 자기 생애의 반밖에는 살지 않았다는 사실을 알고 있었읍니다. 그는 농사만 짓고 살아 오기는 했지만 매우 박식하였읍니다. 그런데 그는 만 팔십 세가 되던 날부터 모든 일을 집어 던지고, 날이면 날마다 낚싯대를 들고 강으로 나가 낚시질만 하는 것이었읍니다. 그러나 낚싯대에 낚싯밥을 전혀 매달지 않기 때문에 고기는 잡히지 않았읍니다.

그렇게 삼 년이란 세월이 흘러 갔읍니다. 어느 날 그의 아내가 말했읍니다.

"당신은 아무래도 망령이 난 모양이에요. 난 그런 당신과는 살고 싶지 않아요. 그러니 서로 헤어지십시다."

강태공은 이 말에 동의하였고 아내와 헤어졌읍니다.

그런데 그 뒤에 이런 일이 일어났읍니다.

중국의 무왕은 어떤 노인이 벌써 삼 년째나 낚싯밥을 사용하지 않은 채 낚시를 하고 있다는 소문을 듣고, 그에게 흥미를 갖게 되었읍니다. 그리하여 그 노인을 자기한테 불러오라고 하였읍니다.

"어찌하여 그대는 삼 년 동안 낚싯밥도 쓰지 않고 낚시를 하고 있는가?"

"그 까닭은 임금님께서 저를 부르시리라는 것을 알고 있었기 때문이옵니다."

임금은 그와 이야기를 나누어 본 후에, 그의 박식함과 현명한 지혜를 인정하게 되어, 그를 제일 높은 대신 자리에 임명했습니다.

그러자 헤어진 그의 아내가 찾아와, 자기를 다시 아내로 받아 줄 것을 그에게 간청하였습니다.

"그건 아니 되오."하고 강태공이 대답했습니다.

"다가올 좋은 날들을 위하여 난 언제나 마음의 벗을 찾고 있었소. 그러나 내가 어렵게 보내던 시절에 당신은 내 진정한 벗이 되어 주지 못했소. 그건 그렇다 치고, 내가 당신에게 보여줄 게 있소."

이렇게 말한 뒤 강태공은 길 옆에 돌을 잔뜩 쌓아 놓으라고 명했습니다. 그러고는 이런 글을 써 붙이게 했습니다.

"이 길을 지나는 사람들은 내 아내의 일을 돌이켜 생각해 보시오. 그리고 악처라고 말하며 침을 뱉으시오."

그 뒤로부터 조선 남자들은 돌이 산디미처럼 잔뜩 쌓여져 있는 길을 지날 때면 언제나 침을 뱉으며 이렇게 말하곤 하였습니다.

"나쁜 아내는 멀리 물러가라!"하고요.

그러나 조선의 여인들은 전해 내려오는 이 같은 이야기를 믿지 않았습니다. 길 옆에 잔뜩 쌓여져 있는 돌무더기는, 남정네들이 돌이 많은 자기네 밭에서 돌을 주워 던져 생긴 것으로 생각하는 것이었습니다. 그리고 돌을 집어 던질 때 좀더 즐거운 마음으로 일하려는 생각에서 갖가지 어리석은 말들을 내뱉었다고 생각했던 것입니다.

# 나무꾼과 선녀

어느 마을에 가난한 한 젊은이가 살고 있었는데, 그는 성이 박씨라 했습니다. 그에게는 부모는 물론 친척도 없었읍니다. 그는 호숫가에 자라고 있는 키가 큰 풀을 베어, 땔감으로 내다팔아 근근이 살아가고 있었읍니다. 그가 풀을 베어 가면 사람들은 그에게 약간의 기장쌀을 주었읍니다. 그러던 어느 날 젊은이가 풀을 베고 있노라니까, 우거진 숲 속에서 사슴 한 마리가 달려와, 사람의 목소리로 이렇게 말했읍니다.

"박씨, 저 좀 숨겨 주세요. 사냥꾼이 제 뒤를 쫓고 있어요!"

"널 어디다 숨겨 준다지?"

박씨가 물었읍니다.

"당신이 베어 놓은 이 풀더미 속에 숨겨 주세요."

박씨는 풀로 사슴의 몸과 뿔을 덮어 숨겨 주었읍니다. 뒤이어 박씨가 풀을 베고 있는 곳으로 사냥꾼이 달려와, 박씨에게 위협하는 듯한 투로 물었읍니다.

"사슴은 어디 있지?"

박씨는 사냥꾼의 이러한 태도에 조금도 놀라는 빛 없이, 오히려 이렇게 되물었읍니다.

"사슴이라뇨, 대관절 어떤 사슴말이예요?"

사냥꾼은 사슴을 본 적도 없고, 어떤 사슴인지조차 모르는 사람과는 더이상 이야기할 필요가 없다는 듯, 저 멀리 달려가 버렸읍니다.

"아아, 정말 고맙읍니다."하고 사슴이 말했읍니다.

"이렇게 저를 구해 주셨으니, 저도 당신을 위해 무엇인가를 해드려야지요. 당신은 오늘로 꼭 만 십육 세가 되셨지요. 당신도 이젠 어른이 되셨으니, 이제 혼례 올릴 생각을 하셔야 합니다. 그런데 하늘 나라의 여덟 선녀가 한 해에 한번, 이 호숫가로 목욕하러 내려오곤 하는데, 오늘이 마침 바로 그날이랍니다. 그러나 관목숲 속에 몸을 숨기시고, 그중 어느 선녀가 제일 마음에 드시는지 잘 눈여겨 보세요. 그랬다가 그 선녀의 치마를 몰래 숨겨 두세요. 꼭 기억해 두셔야 할 것은, 선녀가 아무리 애원을 하더라도 아이들이 셋 생길 때까지는 절대로 치마를 내주어서는 안된다는 점입니다. 한 가지 더 기억해 두실 게 있어요. 무슨 일이 생겨 제가 필요하게 되시거든, 이렇게 큰 소리로 세 번만 저를 부르세요. '사슴아, 너를 부르노라!'라고요."

이런 말을 남긴 뒤 사슴은 숲 속으로 숨어 버렸고, 박씨 역시 기뻐하며 관목숲 속에 몸을 숨겼습니다. 바로 이때였읍니다. 박씨가 몸을 숨기고 나자마자, 흰 옷을 입은 여덟 명의 어여쁜 선녀들이 호숫가로 사뿐히 날아 내려왔습니다. 호숫가로 내려온 선녀들은 거울처럼 맑은 호숫물 속에서 서로 장난을 치기도 하며 목욕을 시작했습니다.

박씨는 그중 가장 나이 어린 선녀를 아내로 삼기로 마음 먹고, 조심스레 그녀의 치마를 숨겼습니다. 치마를 숨기고 나자마자 곧 선녀들 가운데 하나가 불안해하며 말했습니다.

"사람이 이 근처에 있는 것만 같아, 얼른 여기를 떠나는 게 좋겠어!"

그러자 선녀들은 모두 서둘러 물 밖으로 달려나와 옷을 입고는 구름 속으로 사라져 버렸습니다. 다만 여덟째 선녀만이 홀로 남아, 치마를 찾지 못해 어쩔 줄 몰라 하고 있었습니다. 이때 관목숲 속에서 박씨가 모습을 드러내며 선녀에게 말했습니다.

"그대의 치마는 내가 가져갔읍니다. 난 그대를 사모하게 되었으니, 내 아내가 되어 주었으면 해요. 그대가 내 뜻에 따라 주겠다면 말이지요."

선녀는 그의 뜻에 따르겠다고 했읍니다. 박씨 또한 잘생긴 젊은이로, 그녀의 마음에 들었던 까닭이지요. 그러나 선녀는 먼저 자기 치마를 돌려 달라고 청했읍니다. 박씨는 치마를 내주지 않았고, 이들은 서로 부부가 되었읍니다.

저녁 무렵에 아내가 남편에게 물었읍니다.

"그런데 당신의 집은 어디에 있어요?"

"내 집이요? 바로 여기가 내 집이라오."

그가 호수 위 갈대숲을 가리키며 말했읍니다.

"내 집 지붕은 드높은 하늘이고, 사방의 벽은 여기 둘러싸인 산들이라오. 또 이 골짜기는 나의 창문이고요."

그러면서 박씨는 그녀의 손을 이끌어 골짜기쪽으로 데려갔읍니다. 그곳에는 아름다운 경치가 잇따라 펼쳐져 있어, 마치 삼라만상이 휘감아 놓은 주단 위에 펼쳐진 듯 아름다웠읍니다. 또한 모든 산들이 저만큼 멀리 떨어진 곳에 우뚝우뚝 솟아 있는 모습이 한눈에 들어왔읍니다.

"집이 좋군요."하고 아내가 말했읍니다.

"그런데 비가 올 때면 지붕이 새지 않겠어요?"

"그건 그래요."하고 박씨가 대답했읍니다.

"하지만 비가 그치고 나면 젖은 옷은 마르게 마련이지요. 그리고 난 또다시 위대한 태양의 열기를 쪼일 수가 있게 돼요!"

"집이 좋아요."하고 젊은 아내는 되뇌었읍니다.

"그렇지만 아주 좋지는 않아요."

이런 이야기를 두런두런 나누다가, 그들은 숲속에 나 있는 풀밭 위에 누워 곧장 잠이 들었읍니다. 그런데 이튿날 박씨가 행복감에 젖어 눈을 떠 보니, 자신이 큼지막하고도 호화로운 집안에 누워 있는 것이었읍니다. 그는 벌떡 일어나 마당으로 나가 보았읍니다. 그곳에서 그는 자기 집 지붕이 기와로 덮여 있는 것을 보았읍니다. 뿐만 아니라 넓은 마당에는 여러 채의 별당이 세워져 있었고, 곳간에는 조와 쌀이 그득하였습니다. 또한 처마 아래에서는 몸집이 커다란 황소 한 마리가 느릿느릿 옥수수 열매를 먹고 있는 모습이 눈에 띄었습니다.

"이것은 당신께 드리는 제 혼인선물이에요."

아내는 이렇게 말하고는 아주 조심스레 물었습니다.

"이젠 저의 흰 치마를 내주지 않으시겠어요?"

"아니, 안 돼요, 나의 사랑스런 아내여."하고 그가 대답했습니다.

"그건 내줄 수 없소."

그 뒤로 그들은 즐겁고 행복한 나날을 보내게 되었습니다.

그렇게 몇 해가 지나갔습니다. 그들 부부는 어느덧 아들 둘을 두게 되었습니다. 그러던 어느 날 박씨의 아내는 자기의 치마를 돌려달라고 다시금 남편을 졸라댔습니다. 이 말에 박씨는 그러마고 동의했습니다. 아내는 자기를 사랑하고 있고, 게다가 또 이제 와서 아이들을 버리고 어디로 갈 것인가 하고 깊이 생각한 끝에 그런 결정을 내린 것이지요. 그리하여 그는 아내에게 치마를 내주었습니다. 그런데 이튿날 잠에서 깨어난 박씨는 자기 눈을 의심하였습니다. 자기의 호수만이 동그마니 그의 눈에 들어왔기 때문이지요. 아내며 아이들, 여러 채의 별채가 딸린 집이며, 언제나 곡식으로 그득하던 곳간, 이 모든 것이 마치 꿈이었던 양 사라져 버린 것입니다.

"이제부터는 여자들이란 믿지 않을 테다!"

이렇게 외쳐 보았지만 그리 위로가 되지는 못했습니다. 그런데 다행스럽게도 바로 이때 그는 사슴이 일러준 말이 생각났습니다. 그래서 목청을 돋우어 큰 소리를 세 번 이렇게 외쳐 불렀습니다.

"사슴아, 너를 부르노라!"

사슴은 당장 그의 앞에 모습을 나타내고는 이렇게 말했습니다.

"제가 드린 말씀을 잘 기억하고 계셨더라면, 당신을 위해 좋았을 텐데요. 하지만 그거야 이미 지난 일이고요. 제가 당신을 도와 드리지요. 자,

이 호박씨 세 개를 가져가셔서 당장 심도록 하세요. 내일이면 호박이 자라서 하늘까지 닿게 될 거예요. 이 호박덩굴을 타고 하늘 나라로 올라가도록 하세요. 다만 한 가지 주의하실 것은, 결코 아래를 내려다보아서는 안된다는 겁니다."

사슴은 사라져 버렸고 세 알의 호박씨는 이튿날 정말 하늘 나라까지 닿게 자랐읍니다. 그리하여 박씨는 하늘 나라로 기어오르기 시작했읍니다. 그런데 그는 또다시 사슴이 일러준 말을 깜빡 잊고는 아래를 내려다보고 말았읍니다. 그 순간 호박덩굴은 어디론가 사라져 버리고, 박씨는 땅 위로 떨어졌읍니다. 천만 다행히 그리 높은 데까지는 올라가지 않은 덕분에, 팔다리가 부러지는 것만은 겨우 면할 수 있었읍니다. 이렇게 된 마당에 사슴을 다시 부르는 수밖에는 달리 방법이 없었읍니다. 사슴은 모습을 나타냈고 이번에는 화를 내며 말했읍니다.

"이번에도 제 말을 귀담아 듣지 않으셨군요! 호박씨를 세 알 더 드리겠어요. 하지만 잘 기억해 두세요. 이것이 제가 드리는 마지막 씨이니까요. 그리고 앞으로는 더 이상 저를 못 보게 되실 거예요!"

박씨는 세 알의 호박씨를 다시금 땅에 심었읍니다. 이튿날 아침 호박이 자라 다시 하늘 나라까지 닿게 되자, 박씨는 기어오르기 시작했읍니다. 그리고 이번에는 하늘 나라에 닿게 될 때까지 아래를 내려다보지 않았읍니다.

하늘 나라까지 다다른 뒤에 박씨는 잠시 숨을 돌리려고 하늘빛 땅 위에 쭈그리고 앉았읍니다. 그런데 그곳에서 얼마 멀지 않은 곳에 아름다운 집 한 채가 있는 것이 보였읍니다. 그 집은 수많은 별채가 딸려 있었고, 여러 채의 곳간과, 담장을 두른 커다란 뜰을 갖추고 있었읍니다. 휴식을 취한 다음 박씨는 담장을 넘어 뜰 안으로 기어들어갔읍니다. 그런데 정말 운이 좋게도 그는 그곳에서 사랑하는 자기의 두 아들이 있는 것을 보게 되었읍니다. 두 아들은 기쁨에 넘쳐 그에게로 달려와 인사한 뒤에, 어머니에게로 달려가며 기쁨에 들뜬 목소리로 외쳤읍니다.

"아버지가 오셨어요! 우리 아버지가 오셨어요!"

어머니는 믿을 수 없다는 듯 슬픈 목소리로 아이들에게 대답했읍니다.

"어찌 너희 아버님이 땅 위에서 이곳 하늘 나라로 오실 수가 있단 말이냐?"

그러나 남편의 모습을 본 그녀는 기뻐하며 말했읍니다.

"제게 화내지 마세요. 당신 자신한테 잘못이 있어요. 전 당신을 사랑했고 지금도 이전과 다름없이 사랑하고 있답니다. 제가 저의 치마를 돌려주십사고 청한 것은 바로 저희 아버님의 뜻에 의한 것이었어요. 당신은 제 치마를 제게 주지 않으셨어야 했어요."

바로 이때 한 노인이 뜰로 나왔읍니다. 그는 다름 아닌 박씨 아내의 아버지였읍니다.

"바로 이 사람이 저의 지아비입니다."

딸은 이렇게 말하며 남편을 아버지 앞으로 데리고 갔읍니다.

노인은 처음 만나게 된 사위가 그리 반갑지 않은 낯이었읍니다.

"지아비는 무슨 지아비야!" 하고 노인은 못마땅한 듯 내뱉었읍니다.

"이 젊은이는 하늘 나라로 올라올 만큼 지혜로우니, 땅 위로 내려갈 만한 지혜도 갖추고 있겠지! 확실히 신통한 재주를 지닌 젊은이임에는 분명해! 그러나 그렇다고 해서 내 딸을 순순히 데리고 가라고는 할 수 없지. 먼저 자네는 내가 내는 수수께끼 두 가지를 풀어야만 내 딸을 데려갈 수 있네. 또 사위들이 모두 옥황상제님 곁에서 일을 끝마치고 돌아온 후에, 나의 맏사위가 내는 수수께끼도 풀어야 하네. 그러니 그 사이에 시간을 허비할 게 아니라, 지금 자네에 대한 시험을 시작하겠네. 내가 곧 몸을 숨길테니 자네는 날 찾아보게나."

"뜰로 나가시게 되면요,"하고 박씨에게 아내가 속삭였읍니다.

"거름더미 속에서 모이를 쪼고 있는 수탉이 눈에 띄실 거예요. 그 닭이 바로 제 아버님이세요."

박씨는 뜰로 나가 수탉을 보고 이렇게 말했습니다.

"뭐하러 그런 짓을 하고 계십니까, 장인어른. 거름더미 속을 쪼고 계시다니요?"

수탉은 본래대로 장인의 모습으로 돌아오며 말했습니다.

"흐음, 이번에는 용케 알아맞히었다만 다음 번에야 어찌 알아맞히겠는가?"

"이번에는 아버님이 검은 빛의 살찐 수퇘지로 모습을 바꾸어, 바로 저기에 있는 곳간 뒤에 숨어 계실 거예요."

아내가 박씨에게 속삭였습니다.

박씨는 곳간 뒤에 있는 검은 수퇘지를 찾아내 이렇게 말했습니다.

"게서 또 무얼 하고 계세요, 장인어른. 어르신네의 곳간 밑둥을 파서 무너뜨릴 셈이세요?"

이 말이 끝나자마자 수퇘지는 다시 본래의 장인의 모습으로 돌아왔습니다.

"좋아, 이번에도 잘 알아맞히었군 그래. 하지만 내 맏사위가 내는 수수께끼는 얼마나 잘 알아맞히나 어디 두고 보세!"

얼마 안 되어 노인의 일곱 사위가 모두 돌아왔습니다. 그러자 노인은 맏사위더러, 박씨에게 무엇이든지 좋으니까 수수께끼를 하나 내 보라고 제안하였습니다.

"제가 화살을 당길 테니 박씨더러 그 화살이 하늘 위에도, 땅 위에도 떨어지지 않도록 해보라고 하십시오."하고 맏사위가 말했습니다.

"염려 마세요. 우리 둘이서 힘을 합해 해결해보아요."하고 아내가 남편에게 속삭였습니다.

그런 다음 맏사위가 활시위를 당겨 화살이 날자마자, 박씨의 아내는 송골매로 모습을 바꿔 화살을 붙잡았습니다. 이것을 본 맏사위는 독수리로 변해 송골매 뒤를 쫓기 시작했습니다. 독수리한테 잡힐 위험이 있다고 있다고 판단한 송골매는 화살을 놓아 버렸습니다. 땅 위로 떨어지던 화살은 때마침 지나가던 어느 이름 높은 양반집 아들의 머리에 꽂혔습니다.

"흠, 어찌 되었든 마찬가지이지."

다시 사람의 모습으로 돌아온 맏사위가 말했습니다.

"결국 내 화살이 땅에 떨어졌으니, 우리는 자네에게 처제를 내줄 수 없네!"

"이렇게 말씀하세요, 화살이 땅 위에 떨어진 것이 아니라, 양반집 아들의 뒷머리에 꽂혔노라고요."

아내가 박씨에게 귀띔해 주었고 박씨는 그대로 따라서 말했습니다.

"흐음, 그렇다면 좋아."하고 박씨의 말을 듣고 난 뒤 맏사위가 다시 말을 이었습니다.

"약조한 바에 따르면 자네가 화살을 내게 가져와 내 손으로 직접 확인하도록 되어 있네. 그러니 땅으로 내려가 화살을 내게 가져다 주게."

"그 분들께 말을 한 필 달라고 청하세요."하고 아내가 속삭였습니다.

"아름다운 말들을 여러 필 가져오거든 몸집이 작고, 털이 거칠게 나 있고, 등이 굽은, 몸이 성치 못한 말을 달라고 하세요. 그 말은 뒤편 외양간에 있어요."

박씨는 아내가 시키는 대로 했습니다. 노인과 사위들이 아무짝에도 쓸모 없는 말을 고른 데 대해 그를 비웃어 댔음에도 불구하고 말이지요. 그러나 이 말은 놀라운 힘을 지니고 있었습니다. 박씨가 말 등에 앉자마자, 눈깜짝할 새에 말은 하늘 나라에서 곧장 양반의 집까지 아주 수월하게 날아 내려왔던 것입니다. 그곳에서는 아들을 잃어 상을 치르는 중이었고, 모두들 슬피 곡을 하고 있었습니다.

"무슨 일이 있습니까?"하고 곡을 하고 있는 이들에게 박씨가 물었습니다.

"바로 우리 아들이, 활기에 넘치고, 명랑하고, 건강하던 그 애가 글쎄 방금 전에 쓰러지더니, 보시다시피 이렇게 죽은 사람이 되어 누워있지를 않습니까!"

이 집 사람들 가운데는 아들이 화살을 맞았다는 사실을 아는 사람은 아무도 없었읍니다. 화살은 아주 가느다란 데다가, 화살 전체가 젊은이의 몸 속에 깊숙이 박혀 있었던 까닭이지요.

"예예, 일이 그리 되었군요."하고 박씨가 말했읍니다.

"하지만 이 댁 아드님은 죽은 것이 아닙니다. 제가 아드님을 소생시켜 드리지요. 그러나 그렇게 하려면 여러분들이 모두 나가 계셔야 합니다. 저와 아드님만 남겨 두시고요."

홀로 남게 되자 그는 조심스레 가느다란 화살을 뽑아 냈읍니다. 그러자 죽은 줄로만 알았던 젊은이는 당장 되살아났읍니다. 젊은이의 집이 온통 기쁨과 즐거움으로 가득 넘쳐 흘렀음은 말할 나위 없는 일이었읍니다. 박씨는 당장 그날로 하늘 나라로 되돌아가려 했읍니다. 하지만 기쁨에 들뜬 젊은이의 가족은 이렇듯 귀한 손님을 붙잡고 놓아 주지를 않았읍니다. 그러고는 그에게 사흘씩이나 잔치를 베풀어 주었읍니다. 사흘째 되던 날 박씨는 그들에게 떠나지 않으면 안되겠노라고 말했읍니다. 그리하여 손님 대접하기를 좋아하는 이 집 식구들과 작별한 뒤, 박씨는 자기 말에 올라 구름 속으로 사라졌읍니다.

"자, 여기 당신의 화살을 가져왔읍니다."하고 박씨가 맏사위에게 말했읍니다.

사태가 이쯤 되고 보니 박씨를 그의 아내와 함께 땅으로 돌아가게 하는 수밖에, 달리 도리가 없었읍니다.

그러나 아내의 가족들은 박씨더러 이곳 하늘나라에 남아서 살라고 하면서 모두들 한사코 말리는 것이었읍니다.

"땅으로 돌아가 보아야 무얼 하겠는가?"

그들이 말했읍니다.

"그곳에는 친척들도, 친구들도 아무도 없지 않은가. 우리와 함께 남아 있겠다면, 우리가 옥황상제님을 모시고 일할 수 있도록 일자리도 주선해 줌세. 그러면 자네도 만족할 걸세."

잠시 생각해 본 박씨는 아내와 의논한 뒤에, 하늘 나라에 머물러 살기로 마음 먹었읍니다.

일자리를 기다리는 동안 박씨는 옥황상제를 시중 들고 있는 아내를 따라 이곳저곳을 구경하며 다녔읍니다. 이들은 함께 용을 타고 다녔는데, 그의 아내는 작은 대리석 병에서 물을 흩뿌려, 땅 위의 비가 필요한 곳에 비를 내려 주었읍니다. 그들이 조선땅 위를 날고 있을 때, 박씨는 그곳을 가리키며 아내에게 외쳤읍니다.

"바로 여기가 조선이오! 여기는 한양이고, 또 여기는 평안도이고요! 바로 저기 좀 봐요. 바로 우리의 정다운 호수야! 내가 떠나온 후에 호숫물이 참 많이도 줄어들었군! 병에서 물을 좀 많이 꺼내 호수에 뿌리구료!"

아내는 그의 부탁대로 했읍니다. 그래도 박씨는 아내에게 물을 이끼지 말고 더 많이 뿌리라고 졸랐읍니다. 아내는 좀더 뿌렸지만 박씨는 여전히 흡족하지가 않았읍니다. 그래서 그는 아내에게서 대리석 병을 빼앗으려 했읍니다. 그러면서 둘이는 서로 병을 달라느니, 못 주겠다느니 하고 장난을 치다가 그만 병을 떨어뜨리고 말았읍니다. 병은 나무꾼이 살던 백두산의 분화구 속으로 떨어졌읍니다. 그로 인해서 화산의 불이 꺼져 버렸고, 그 분화구 속에는 대룡호가 형성되었읍니다. 그 뒤로 이 호수로부터 압록강, 두만강과 송화강이라는 세 강이 흐르게 되었읍니다. 옥황상제는 박씨의 아내를 아끼던 터라, 크게 화를 내지는 않았읍니다. 그러나 그녀가 곁에서 시중 들던 일을 그만두게 하고, 그녀의 남편에게도 일자리를 주지 않았읍니다.

그러고는 이렇게 말했읍니다.

"이들은 이와 같은 일이 없이도 만족해할 것이니라. 이들의 일은 서로 사랑하는 것이기에."

그리하여 박씨와 그의 아내는 오늘날까지도 서로 사랑하며, 행복하게 살고 있다고 합니다.

# 두 애국자

옛날에 두 사람의 도사가 살고 있었읍니다. 한 사람은 조선 사람으로 도선이라 하였고, 다른 한 사람은 쯔호 이롄이라는 중국인이었읍니다.

'내 동료가 무얼 하고 있는지 보고 와야겠는걸.'

이렇게 생각한 조선의 도사는 중국땅을 향해 길을 떠났읍니다.

한참 길을 가다 보니 앞에 산이 솟아 있고, 산 위에는 모닥불이 타고 있었읍니다. 그리고 그곳에서 중국인 한 사람이 누군가의 무덤을 파고 있는 것이 눈에 띄었읍니다.

"왜 무덤을 파고 있는 겝니까?"

조선의 도사가 물었읍니다.

"그대가 먼저 인사를 청해 오셨소이다 그려, 조선의 도사님."

"어떻게 그대는 내가 누구인지를 알고 계시오?"

"뛰어난 도사는 모든 걸 다 알고 있세 마련이지요."하고 중국인이 대답했읍니다.

조선인 도사는 자기 앞에 있는 사람이 중국인 도사임을 눈치 챘읍니다. 그래서 아무 말 않고 그곳에 쭈그리고 앉아, 담뱃대에 불을 붙여 물었읍니다. 그러고는 어떤 일이 벌어지는지, 중국인이 하는 행동을 놓치지 않고 지켜보기 시작했읍니다.

무덤을 다 판 다음, 중국인 도사는 그 속에서 제 모습을 반쯤 감춘 두 마리의 용을 끄집어내, 불 속에 던지는 것이었읍니다.

그리고 나서 담뱃대에 불을 붙여 물고, 조선인 도사 곁에 쭈그리고 앉으며 말했읍니다.

"이제는 왜 내가 무덤을 파는지 아시겠소? 이 두 마리의 용들이 다 자라 제 모습을 갖추게 되어 하늘로 날아 오르게 되면, 그로 인하여 중국에 큰 손실이 생긴다오."

"당신은 나보다도 아는 게 더 많은 것 같으니, 당신에게서 가르침을 받고 싶소이다."하고 조선인 도사가 말했읍니다.

중국인 도사는 그의 말에 동의하였읍니다. 그러고는 조선인 도사를 데리고 각 산들을 찾아다니며, 그 산들마다 각기 갖고 있는 행운을 가져다 주는 신비한 힘을 설명해 주었읍니다. 그러다가 이들은 압록강까지 이르게 되었는데, 이 강은 이원군보다도 까마득히 더 높은 곳에서 흘러 내리고 있었읍니다. 압록강은 알려진 바와 같이, 중국과 조선의 경제를 이루고 있는 강이었읍니다.

"바로 여기, 중국땅에 걸쳐 있는 압록강 강변에 산이 하나 보일 겝니다. 이 산은 황제의 그릇이라 불리우지요. 그 모양이 황제께서 사용하시는 국수 그릇을 닮았거든요. 이제 조선 쪽을 보시오. 저기에 있는 산 모양을 보고 뭐 생각나는 게 없으시오?"

"시루를 닮았군요. 우리 나라에서 곡식을 쪄먹는 그릇 말이외다."

"그래서 저 산은 그렇게 불리운다오. 이 두 산은 그중 하나가 없이는 힘을 쓰지 못한다오. 그러나 두 산이 서로 마주하고 서 있는 한, 이 세상에 이 두 산들보다 더 많은 행운을 가져다주는 힘을 갖고 있는 산은 없다오. 이곳에 선조의 무덤을 모시는 가문은 이 세상의 그 어느 누구도 아직까지 누려 보지 못한 복을 누리게 된다 합니다. 그러나 정말 불행한 일은, 이 두 산이 어느 한 나라에 속해 있지 않다는 점이외다. 그리고 그러는 동안에는 이 산들로부터 어떤 나라도 아무런 혜택도 얻지 못한다는 사실이지요."

이렇게 말한 후 중국인 도사는 슬픈 듯 탄식하며 눈물을 흘렸읍니다. 눈물을 닦고 나서 그는 계속 말했읍니다.

"여기에서 우리 서로 헤어집시다. 나는 그대나 그대의 나라가 나쁘게 되기를 바라지 않소이다. 그대는 지금 곧 그 사실을 알게 될 것이외다. 그대의 나라가 번영하려면 어찌해야 하는지, 그 비밀을 내 그대에게 말씀드리려 하니까 말이오. 그 비밀이란 바로 이렇소이다. 그대 나라의 황해도에는 평산이란 산이 있소이다. 그 산꼭대기에 돌멩이 세 개를 얹어 놓고, 그 돌 위를 석판으로 다시 덮어 두면, 그대의 나라는 두고두고 평안할 것이오."

도선은 그에게 감사하다는 인사를 한 뒤, 그와 헤어져 집으로 돌아왔습니다.

그러고는 서둘러 평산으로 가, 산꼭대기에 돌 세 개를 갖다 놓고, 그 위를 석판으로 덮었습니다.

그런데 삼 년이 흐른 뒤에, 쯔호 이렌이 교활하게도 그를 속였다는 사실이 드러나게 되었습니다. 지난 삼 년 동안, 조선 전지역에서는 이이들이리고는 단 한 명도 태어나지 않았던 것입니다.

"그래, 좋아!"하고 도선은 내뱉었습니다.

"나 또한 너희 나라에 맛을 보여주마!"

도선은 이를 실행에 옮기고자 길을 떠났습니다. 백두산의 천지로부터 흘러 나온 중국의 송화강이 합류하는 곳에 흑룡강이 흐르고 있었습니다. 도선은 이 강의 수원(물의 근원) 가까이에 물의 힘을 이용해 저절로 도는 물방앗간을 세웠습니다.

그 결과, 이후 삼 년 동안 중국의 여인들은 단 한 명의 아이도 낳지 못하게 되었습니다.

이런 일이 생기자 쯔호 이렌은 중국 황제를 찾아가, 이 모든 사태에 대해 설명한 후 이렇게 말을 이었습니다.

"제 생각으로는 이것은 조선 도사의 간계에 의한 것 같사옵니다."

중국 황제는 즉시 도선을 북경으로 불러들이도록 명령하였습니다.

도선이 도착하자 모두들 그를 매우 친절히 맞아 주었으며, 쯔호 이렌은 그에게 용서를 빌었읍니다. 그러자 도선은 "뭐, 서로 화해하고 지내십시다."하고 말한 뒤 자신도 역시 중국의 복을 훼방 놓는 일을 했노라고 말했읍니다.

중국 황제는 신하들을 백두산으로 보내, 물방앗간을 부수도록 하였읍니다. 그러자 그 즉시 모든 중국 여인들은 아이를 낳을 수 있게 되었읍니다.

"자, 이제는 즉시 두 도사의 목을 베도록 하라."하고 중국 황제가 말했읍니다.

도선과 쯔호 이렌은 참수되었읍니다. 그리고 법령이 발포되었는데, 이후로는 중국의 나랏일에 관여하는 자는 어느 누구를 불문하고 목을 벨 것이라는 내용이었읍니다.

그 뒤로 중국 여인들도, 조선 여인들도, 아무 탈없이 아이들을 잘 낳게 되었다고 합니다. 그러나 이 두 나라의 사이는 더욱더 악화되어 가기만 했다고 합니다.

# 호랑이 사냥꾼들

함경도에 있는 길주군에 스무 해(1898년을 기준으로 스무해 전을 가리킴)쯤 전에 호랑이 사냥꾼들의 모임이 있었읍니다. 이 모임의 회원들은 모두 부유한 사람들이었읍니다. 그런데 한 젊은이가 그 회원이 되어 보려는 헛된 노력을 하였읍니다.

"여기가 어딘 줄 알고 감히 기어드느냐?"

그에게 그 모임의 회장이 말했읍니다.

"넌 가난한 자는 사람 축에도 끼지 못한다는 걸 모르는 모양이군. 냉큼 꺼져 버려!"

그러나 이 젊은이는 자신에 대한 그들의 심한 냉대에도 아랑곳하지 않았읍니다. 그러고는 자기 손으로 멋진 쇠창을 하나 만들었는데, 모임의 다른 사냥꾼이 갖고 있는 어떤 것보다도 더 훌륭한 창이었읍니다.

그러던 어느 날, 모임의 사냥꾼들이 호랑이 사냥을 하러 산으로 출발하자 그도 따라 나섰읍니다.

그들이 골짜기 가까이에서 휴식을 취하게 되었을 때, 그는 그들에게 자기를 받아줄 것을 다시 한번 부탁하였읍니다. 그러나 그들은 자기네들끼리 흥겨운 시간을 보내면서, 이 가난한 청년을 거들떠보지도 않았읍니다. 그리고는 또다시 코웃음치며 그를 쫓아 버렸읍니다.

"정 그러시다면, 좋읍니다."하고 젊은이가 말했읍니다.

"당신네들은 여기서 술이나 마시며 흥겹게 놀기나 하세요. 전 혼자 떠날 테니까요."

"가라구, 정신 나간 젊은이 같으니!"

그들이 말했습니다.

"호랑이들한테 갈기갈기 찢기고 싶으면 말이야!"

"당신네들한테서 이런 심한 대접을 받느니, 차라리 호랑이한테 죽는 편이 낫겠어요."

이렇게 내뱉고는 그는 숲 속으로 떠났습니다. 그가 울창한 숲 속에 들어서자 몸에 줄무늬가 지고 몸집이 커다란 호랑이 한 마리가 눈에 띄었습니다.

호랑이는 마치 고양이가 장난치듯이, 껑충 뛰어 그가 있는 쪽으로 가까이 다가오는가 하면, 또 멀찌감치 물러서기도 하며 그를 놀렸습니다. 그러다가는 땅 위에 드러누운 채, 그의 얼굴을 빤히 쳐다보며 그 커다란 꼬리를 이쪽 저쪽으로 흥겨운 듯 탁탁 치며 흔들어 대는 것이었습니다.

호랑이는 젊은이가 공격 자세를 취할 때까지 그를 마냥 놀려 댔습니다. 그러다가 젊은 사냥꾼이 창을 거머쥐고, 그들의 관습대로 "자, 내 창을 받아라!"하고 멸시하듯 고함을 지른 순간, 호랑이는 눈깜짝할 새에 그를 향해 달려들었습니다. 그러고는 창을 향해 덤벼들어, 창을 이빨로 짓이기기 시작했습니다. 그러나 그 순간, 젊은 사냥꾼은 있는 힘을 다해 창을 호랑이의 목 안으로 찔러 넣었고, 호랑이는 땅 위로 죽어 넘겨졌습니다.

그런데 죽은 호랑이는 암컷으로, 그 짝인 숫호랑이가 어느새 자기 짝을 도우려고 질주해 오고 있는 것이었습니다.

그는 미처 "내 창을 받아라!"하고 외칠 틈조차 없었습니다. 숫호랑이는 젊은이를 보자마자 무시무시한 기세로 뛰어오르더니, 그를 향해 덤벼들었기 때문입니다.

젊은 사냥꾼은 간신히 자기 창을 치켜들고, 이번에는 자기 쪽에서 공격을 가해, 호랑이 목 안에 창을 찔러 넣었습니다.

두 마리의 죽은 호랑이를 그는 관목숲 속으로 끌고 가, 호랑이들의 꼬리만 길 밖으로 나오게 해놓았읍니다.

그런 다음, 질펀히 앉아 술만 퍼마시고 있는 사냥꾼들에게 돌아왔읍니다.

"그래, 어찌 되었나? 호랑이는 많이 잡으셨나?"

"두 마리가 있는 걸 보긴 했는데요, 혼자서 놈들을 잡을 수가 있어야지요. 그래서 여러분들께 도움을 청하고자 이렇게 온 것입니다."

"그렇다면 얘기가 좀 달라지는데? 안내하게, 가서 확인해 보게."

그들은 술자리를 파하고, 젊은이의 뒤를 따라 나섰읍니다. 길을 가면서 그들은 젊은이를 보고 이렇게 비웃어 댔읍니다.

"그래, 죽기는 싫어서 우리를 데리러 왔군 그래?"

"좀 조용히 걸어가세요."

젊은이가 명령조로 말했읍니다.

"호랑이들이 가까이에 있어요."

그들은 침묵하지 않을 수 없었읍니다. 이와 같은 상황 속에서 어느새 젊은이가 그들 중 가장 웃사람 노릇을 하고 있었기 때문입니다.

"저기 호랑이들이 있어요!"하고 젊은이는 두 개의 호랑이 꼬리를 가리켜 보였읍니다.

그러자 그들은 나란히 열을 지어 일제히 "내 창을 받아라!"하고 외쳤읍니다.

그러나 호랑이들은 이미 죽어 넘어져 있는 터인지라 꼼짝도 하지 않았읍니다.

그제서야 가난한 젊은이는 이렇게 말하는 것이었읍니다.

"호랑이들은 이미 두 마리 모두 내 창을 맞고 죽어 버렸답니다. 그러니 이제 남은 일이란 읍내까지 끌고 가는 일뿐이지요. 여러분들 손으로 이 호랑이들을 좀 끌고 가 주세요."

# 천 년 묵은 지네 이야기 1

고령진 지방에 김논치라는 한 가난한 사람이 살고 있었읍니다.

조상을 극진히 섬겨 온 그는 조상을 모실 터 좋은 산을 찾아 다녀 보았지만, 여지껏 찾아내지를 못했읍니다. 그러다가 그는 다시 한번 터 좋은 산을 찾아 나섰고, 마침내는 찾아내어 조부의 유골을 그곳으로 옮겨 모셨읍니다. 그런 다음 그는 제사를 지냈는데, 지성껏 제사를 지내다 보니 그만 너무 술을 많이 마셔 취해 버렸읍니다.

그리하여 그가 산에서 내려와 읍내로 향했을 때는 이미 한밤중이 되어 있었읍니다.

읍내로 들어서는 성문 곁에서 그는 한 아리따운 여인을 만나게 되었는데, 그 여인은 그를 자기 집으로 청하였읍니다.

그가 여인의 집에 도착하니, 여러 개의 상 위에는 이미 일곱 가지 안주며 맛있는 음식과 술이 차려져 있었읍니다.

여인은 김씨에게 음식을 대접하며 자기를 사랑해 달라고 간청하였읍니다. 그 여인은 꿈속에서 나타난 한 노인을 통해 김논치를 알고 있었으며, 자기는 이미 그를 사랑하고 있다는 것이었읍니다. 그리고 조금 전에도 김씨가 조부의 무덤에서 돌아오고 있음을 미리 알고서, 그를 맞으러 집을 나섰다는 것이었읍니다.

'이것은 나에게 온 새로운 복이로구나!'하고 김논치는 혼잣말을 했읍니다.

'그러나 이 복을 차 버린다는 것은 어리석은 짓이지. 비록 내게는 아내

가 있지만 이 여인은 후실로 맞으면 되니까.'

그리하여 이들은 서로 사랑하는 사이가 되었읍니다.

그러던 어느 날 여인이 말했읍니다.

"서방님께 단 한 가지 청이 있읍니다. 석 달 동안은 제가 서방님을 찾을 때 외에는 결코 제 방 가까이에 오시면 아니 되십니다. 또한 제 방안을 엿보는 것도 절대 아니 되십니다."

처음에 김논치는 그 말대로 따랐읍니다. 그런데 얼마 후에는 그만 호기심이 분별을 앞서게 되었읍니다. 그러던 어느 날, 무심코 사랑하는 여인의 방 앞을 지나다가 방 안을 엿보게 되었읍니다. 문틈으로 들여다보니 방 안은 텅 비어 있는데, 돗자리 위에는 커다란 지네가 드러누워 있는 것이었읍니다.

그러자 그는 문을 몇 번 두드리고는 방 안으로 들어갔읍니다. 방 안에는 지네의 모습은 찾아볼 수 없었고, 사랑하는 여인만이 서 있을 뿐이었읍니다.

여인은 깊은 생각에 잠겨 있었읍니다.

"서방님께선 제 부탁을 듣지 않으셨어요."

여인은 슬픈 얼굴로 말했읍니다.

"여기 앉으셔서 제가 드리는 말씀을 잘 들으세요. 서방님께선 천 년 묵은 지네에 대해 무슨 이야기를 들은 적이 있으신지요? 이 지네는 본래는 여인이었답니다. 그런데 죄를 짓고, 그 벌로써 천 년 동안 지네의 모습을 하고 있어야 한답니다. 천 년의 기간이 시작되기 전에 석 달동안 이 여인에게 때때로 여인의 모습으로 돌아올 수 있는 기회가 주어집니다. 이 기간 동안에 이 여인은 자기를 사랑해 줄 사나이를 찾아내야만 한답니다. 그런데 그 사람은 이 석 달 동안 여인의 정체를 알아서는 안됩니다. 만일 그 사이에 정체를 들키게 되면, 모든 것이 수포로 돌아가 여인은 이후 천 년 동안 다시 지네의 모습으로 살아가야 한답니다. 저는 오늘 하루만 지나면 지네의 모습으로 되돌아가야 합니다. 이제부터는 지네의 모습으로 변해 천 년을 보내야 하는 거지요. 이렇게 된 것은 바로 서방님이 호기심에 따라서 행동했기 때문이예요. 그러니 서방님께서도 그 대가를 치르게 될 거예요."

이 말이 끝나자 모든 것이 순식간에 사라져 버렸습니다. 집도 여인도 모두 사라져 버리고, 김논치만이 텅 빈 터에 홀로 남아 있을 뿐이었습니다.

그는 몸을 일으키고 자기의 눈을 의심하듯 두 눈을 비비다가는 집으로 향했습니다.

집에서는 슬픔이 그를 기다리고 있었습니다. 하나뿐인 그의 아들이 죽었던 것입니다.

한편 밤이 되어 김논치가 잠이 들자, 지네 한 마리가 방 안으로 기어들어왔습니다. 그리고는 그에게 입맞추려 하다가는 그만 그를 물어 버려, 김논치는 잠에서 깨어나지 못한 채 그대로 죽고 말았다고 합니다.

# 천 년 묵은 지네 이야기 2

옛날에, 의주에 임곽산이란 사람이 살고 있었읍니다.

그는 무척 가난했는데 자식들을 많이 두고 있었읍니다. 그래서 자식들은 그에게 먹을 것이며, 돈이며, 입을 것을 달라고 언제나 칭얼대곤 하였읍니다.

어느 해인가, 새해를 하루 앞둔 그믐밤에 아이들은 설빔옷을 해달라고 그에게 보채기 시작했읍니다. 그런데 어찌나 심하게 보채었던지, 가엾은 아버지는 남루한 차림 그대로 빈손으로 집을 뛰쳐나왔읍니다. 그러고는 앞으로는 결코 집으로 돌아가지 않겠노라고 마음 먹었읍니다.

여러 생각할 것 없이 그는 스스로 목숨을 끊기로 작정하였읍니다. 유난히도 혹독하게 추운 겨울이었으므로, 그는 산속으로 들어가 얼어 죽기로 작정하였읍니다.

그는 산으로 둘러싸인 아늑한 장소를 찾아, 그곳에 앉아 죽음이 찾아오기를 기다렸읍니다.

얼마나 시간이 흘렀을까, 두 여인이 걸어오고 있는 것이 눈에 띄었읍니다. 한 여인은 젊고 옷을 잘 차려 입었으며, 또 한 여인은 그녀의 하녀인 듯한 차림새였읍니다.

두 여인은 임곽산의 곁을 지나가면서 그에게 인사를 했읍니다. 그러고는 옷을 잘 차려 입은 여인이 그에게 물었읍니다. 이런 추위에 이곳에서 무얼 하고 있느냐고요.

임씨는 자기가 이곳에 오게 된 까닭을 숨김없이 털어 놓았읍니다.

"그런 일로 죽을 필요는 없어요."하고 젊은 여인이 말했읍니다.

"저와 함께 가셔요. 제가 기꺼이 도와 드릴테니까요."

그는 그녀의 뒤를 따라갔읍니다. 이윽고 그들은 아주 으리으리하게 지은 집에 도착하였읍니다.

젊은 여인은 그에게 돈과 옷감과 기장쌀을 주었읍니다. 그리고는 앞으로 자기 집을 가끔 찾아 달라고 청하면서, 다만 집 안에 들어오기 전에 문 두드리는 것을 잊지 말라고 당부했읍니다.

이루 말할 수 없는 행복감에 젖어, 임씨는 새로 얻은 먹을 것과 돈을 갖고 자기 아이들에게로 갔읍니다. 그리하여 이 새해에는 쌀과 옷과 돈을 갖고 있는 모든 이들이 그러하듯이, 임씨의 아이들도 즐거운 새해를 맞이할 수 있었읍니다.

이후로 임씨는 젊은 여인의 집을 출입하게 되었고, 머지 않아 두 사람은 서로 사랑하게 되어 혼례를 올리기로 약속하였읍니다.

그러던 어느 날 저녁, 임씨가 그 여인의 집에 가려고 자기 집을 나설 때였읍니다. 갑자기 어둠 속에서, 그의 눈앞에 키가 하늘 꼭대기까지 닿을 만큼 거대한 혼령이 불쑥 나타났읍니다.

"나는 네 할아버지이니라."하고 혼령이 말했읍니다.

"내가 네게 미리 일러둘 것이 있어서 이렇게 나타났느니라. 네가 사랑하는 그 여인은 실은 여인이 아니라, 다리가 천 개 달린 지네이니라. 이 사실을 확인하고 싶다면, 가서 방문을 열어 보아라. 그러면 네가 사랑하는 여인이 아닌 지네를 보게 될 것이니라."

이런 말을 남긴 뒤 혼령은 사라졌읍니다.

임씨는 어찌할 바를 몰랐읍니다. 그러다가 결국 할아버지의 말에 따르기로 했읍니다. 그러나 막상 방 앞까지 다가가자 지네가 가엾다는 생각이 들었읍니다. 그래서 방 안으로 들어서기 전에 그는 문을 몇 차례 두드렸읍니다.

그가 방 안으로 들어서가 젊은 여인은 방바닥에 닿도록 고개를 숙여 그에게 절을 한 뒤에 이렇게 말했읍니다.

"저는 지금에서야 당신이 저를 사랑하고 계시다는 사실을 깨달았읍니다. 그래서 저 역시 당신의 정숙한 아내가 되고자 합니다. 저는 모든 걸 다 알고 있답니다. 당신에게 할아버님의 혼령이 나타나셨었지요. 그러나 그 혼령은 당신의 할아버님이 아니라, 저의 원수인 구렁이가 모습을 바꾸어 나타난 것이랍니다. 그 구렁이는 이전에 저의 지아비였지요. 오늘 밤에 구렁이로 변한 제 옛 지아비와 저, 두 사람 가운데 하나가 사람이 될 운명이었답니다. 운명의 순간은 당신이 제 방문을 두드릴 때 결정되었읍니다. 당신이 방 안을 엿보셨더라면, 저는 앞으로 천년 동안을 다시 지네의 모습으로 살아가야 했을거예요. 구렁이는 사람으로 변했을 것이고요."

그리하여 이 두 사람은 모든 이들의 축복을 받으며 혼례식을 올렸고, 서로 사랑하며 행복하게 살았나고 합니다.

이전에는 지네였던 이 여인은 남편 집안에 큰 복을 가져다 주었읍니다. 비록 그때 이후로 지금까지 천년의 세월이 채 흐르지는 않았지만, 아직까지도 임곽산 일가는 의주에서 제일가는 부자라고 전해 내려오고 있다 합니다.

# '아저씨'란 호칭

옛날 옛적에 함경도에 추일연이라는 마음씨 고운 사람이 살고 있었읍니다.

모든 사람들이 저마다 약점을 지니고 있듯이, 추일연도 약점을 갖고 있었읍니다. 그는 잠이 들기만 하면, 자기가 어딘가에 현감으로 부임하는 꿈을 꾸곤 하는 것이었읍니다.

한양에서는 이미 그 당시 벼슬이 학문 높은 사람에게 주어지는 것이 아니라 돈으로 사고 팔리던 시절이었읍니다.

추씨가 아는 사람 중에도 이렇듯 돈으로 벼슬자리를 사 대신 노릇을 하는 자가 있었는데, 추씨는 그에게 자신의 전재산을 몽땅 바쳤읍니다.

이 엉터리 대신은 추씨에게 벼슬자리를 약속하면서 이렇게 말하는 것이었읍니다.

"현감이라, 이건 아주 높은 직책이지. 그러니 돈을 좀더 가져오게."

추씨는 또다시 집으로 돌아가 이번에는 가진 것을 모두 팔아 삼백 냥을 더 모은 다음, 한양으로 향했읍니다. 길을 가던 도중 주막에서 그는 두 길손과 사귀게 되었읍니다. 그들은 남편과 아내로서 내외지간이었읍니다. 아내는 만삭의 몸으로, 오늘 내일 몸을 풀지 않으면 안될 형편이었는데, 아니나다를까 바로 그날 밤에 딸을 낳았읍니다. 그러나 갓난 아기의 아버지는 산모에게 음식을 한 상 차려 줄 만한 돈조차 갖고 있지 않았읍니다.

이런 사정을 알게 된 추씨는 그들에게 자기가 가진 돈을 내주며 말했읍니다.

"난 이미 나이가 들었고 혼자 지내는 몸이오. 난 이 돈으로 현감 자리나 하나 얻으려 했지요. 당신네 내외는 아직 나이가 젊고, 앞으로 살 날이 창창한 사람들이 아니오. 어쩌면 이 돈이 당신 내외에게 복을 가져다 줄지 누가 알겠소."

이들 부부는 추씨에게 감사하다는 인사를 했고, 추씨는 자기 집을 향해 다시 길을 떠났습니다.

그 뒤에 열일곱 해라는 세월이 흘러 갔습니다. 추씨는 어느덧 여든 살이 되어 있었고, 이미 오래전에 거지 신세가 된 처지였습니다. 그러나 그는 의기소침해하지 않고, 죽기 전에 다시 한번 한양을 가 보리라고 결심했습니다.

"구걸이야 어디서 하던 매한가지 아닌가?"

추씨는 씁쓸히 웃음 지으며 이웃들에게 말했습니다.

이웃 사람들은 추씨의 말을 들으며 고개를 설레설레 저었습니다. 그는 다른 사람이라면 이백년은 충분히 먹고 살 재산을 다 써 버리고, 남은 것이란 아무것도 없는 처지이기 때문입니다.

추씨가 한양에 도착하여 구걸을 할 때, 한 점장이가 그를 살펴보더니 이렇게 말했습니다.

"그대는 오늘 열두 개에 이르는 벼슬보다 더 소중한 것을 얻게 될 것이요."

그는 임금의 장인인 부원군이 데리고 있는 점장이였습니다.

부원군의 집에 돌아온 점장이는 부원군이 오늘은 무슨 일이 일어날 것 같으냐고 묻자, 그의 얼굴을 응시하다가 이렇게 말했습니다.

"커다란 기쁨이 있겠습니다."

그러나 부원군은 기분 상해하며 말했습니다.

"난 갖가지 벼슬을 갖고 있는 데다가, 임금님의 장인이라네. 그러한 내게 더 이상 무슨 기쁨이 있을 수 있겠는가? 내가 임금이 된다면 또 몰라도 말이지. 뭐, 새로운 얘깃거리는 없는가?"

"오는 저는 한 거지 노인을 만났읍니다."하고 점장이는 말했읍니다.

"그의 얼굴에서 저는 그가 오늘 열두 개나 되는 모든 벼슬자리보다 더 소중한 것을 얻게 될 것이라는 것을 읽을 수 있었읍니다."

"그대는 나를 비웃고 있는 겐가?"

"어찌 감히 제가 그럴 수 있겠읍니까?"

"좋아, 하지만 그 거지 노인이 내일도 똑같은 거지 신세로 남아 있을 경우에는 그대의 머리를 벨 것일세. 가서 그 거지를 내게 데려오도록 하게."

'바로 내 머리가 걸린 일이로군.'

점장이는 이렇게 생각하며 거지 노인을 데리러 갔읍니다.

거지 노인을 데려오자 그의 얼굴을 보려고 모두들 집 밖으로 나왔읍니다. 그 가운데에는 부원군의 아내도 끼여 있었읍니다.

"내 점장이가 오늘 네가 열두 개나 되는 모든 벼슬자리보다 더 소중한 것을 얻게 될 것이라는 이야기를 했다지? 그런 일이 어떻게 일어날 수 있겠는가?"

"저는 앞으로 일어날 일은 모릅니다. 제가 알고 있는 것은 이전에 일어난 일뿐입니다."하고 거지 노인이 대답했읍니다.

"제가 알고 있는 이전에 일어난 일이란, 제가 오늘은 아직까지 아무것도 먹지 않았다는 사실입니다."

"그에게 먹을 것을 갖다 주도록 하라."고 말한 뒤 부원군은 그 자리를 떠났읍니다.

"언젠가, 어디선가 이 목소리를 들은 적이 있어. 쾌활하면서도 무언가 비웃는 듯한 목소리를……"하고 부원군의 아내가 말했읍니다.

"이것 보세요, 노인. 우리가 음식을 드릴 테니, 그 대신 노인께서는 우리에게 노인네가 행한 모든 선행을 들려주시구료."

"저는 많은 선행을 행하지는 못했읍니다. 따라서 제가 행한 선행이란 모두 해봐야 기장쌀 한 그릇 정도의 값어치도 없는 것입니다. 다만 한 가지 선행을 행한 적이 있다면, 그것은 언제인가 제가 가난한 두 사람을 도와 준 일입니다."

"그 가난한 사람들은,"하고 부원군의 아내가 물었읍니다.

"딸을 낳았는데, 남편은 산모에게 음식을 한상 차려 줄 만한 돈조차 갖고 있지 않았지요?"

"예, 말씀하신 그대로입니다."

"그 사람들이 바로 우리랍니다!"하고 그제서야 부원군의 아내가 말했읍니다.

"그리고 우리 딸아이는 지금은 왕비가 되었답니다. 그때 이후로 서는 당신을 만나 뵙게 해달라고, 하루도 빠짐없이 천지 신명께 빌어 왔지요. 우리가 어려운 처지에 놓여 있을 때 도와주었던 분께, 살아 있는 동안에 다시 한번 감사드리고 싶었기 때문이예요."

그러고 나서 부원군의 아내는 노인에게 머리가 땅에 닿도록 큰절을 하였읍니다.

그런 뒤에 하인들이 부원군을 불러왔읍니다. 자기 눈앞에 있는 거지 노인이 누구인가를 알고나자, 부원군 또한 노인에게 무릎을 꿇고 절을 하였읍니다.

부원군의 아내는 왕비에게 찾아가 이렇게 말했읍니다.

"중전마마의 또 다른 아버님뻘 되시는 분을 만나 보지 않으시렵니까? 왜 제가 이미 여러 차례 말씀드린 적이 있는 분 말씀입니다. 그 분이 우리 집에 와 계십니다."

왕비는 지아비인 임금에게 그 사실을 말했읍니다. 그러자 임금은 그 노인을 보러 갔읍니다.

"우리에게는 이미 아버님이 한 분 계시니, 이 노인은 아저씨라 부르도록 하십시다. 이제부터 이 호칭은 열두 개나 되는 모든 벼슬자리보다 한층

더 높은 이름이 될 것이오."라고 임금이 말했읍니다.

한편, 이 일로 인해 그 점장이는 커다란 명성을 얻게 되었고, 머지 않아 임금도 부럽지 않을 만큼 많은 재산을 모으게 되었다고 합니다.

# 가치 없는 친구

평안도 태생으로서, 부유한 가문의 아들로 태어난 젊은 박선달은 어느 날 한양으로 길을 떠났습니다. 한양에 가서 자기와 같은 양반의 품위에 알맞은 벼슬을 사 가지려는 목적에서였습니다.

그런데 한양에 도착한 그는 흥청망청 먹고 마시며 세월을 보내느라고, 그만 아버지가 벼슬을 사라고 그에게 준 돈을 다 써 버리고 말았습니다.

방값을 낼 돈조차 한푼도 남지 않게 되자, 그는 주막에서 쫓겨나는 신세가 되고 말았습니다. 그러자 함께 어울렸던 친구들도 그를 더 이상 아는 체하지 않았습니다.

그는 길거리를 이리저리 떠돌며, 이제는 꼼짝 없이 굶어 죽게 되었구나 하고 생각하였습니다. 때마침 그는 어느 집 곁을 지나가다가, 큰 소리로 글 읽는 소리를 듣게 되었습니다. 그는 발걸음을 멈추고 귀를 기울였습니다. 그러자 그는 그 글 읽는 소리에 마음이 끌려, 자기도 책을 읽고 싶다는 충동을 느꼈습니다. 박선달은 집안으로 들어가 주인에게 말했습니다.

"주인장께서는 글을 참 잘도 읽으십니다. 주인장께서 허락하신다면, 앉아서 글 읽으시는 소리를 듣고 싶습니다만……"

"좋소이다. 앉아서 들으시구료."

한참 글을 읽던 주인이 피곤한 기색을 보이자, 박선달은 그다음부터는 자기가 읽어 보면 어떻겠느냐고 제안하였습니다. 그러자 박선달 또한 글을 잘 읽으며 좋은 목소리를 가졌음이 밝혀졌습니다.

이 사실을 안 주인은 퍽이나 기뻐하였습니다. 그는 글 읽기를 무척 즐겨

하고 있던 터라, 박선달에게 자기 집에 머물러 달라고 청하였습니다.

박선달은 그 집에서 글을 읽고, 산보를 하며 지냈습니다. 그런데 그 집에서 그리 멀지 않은 곳에 한 젊은 과부가 살고 있었습니다. 그녀의 집 곁을 지나다니다가, 박선달은 과부의 모습을 눈여겨 보고는 그녀를 사랑하게 되었습니다.

박선달은 자주 그녀의 집 곁을 지나다니게 되었고, 과부 또한 그의 태도를 유심히 지켜보다가 이윽고 그를 사랑하게 되었습니다.

그리하여 박선달이 산보하는 바로 그 시각이면, 과부도 산책길에 나서게 되었습니다. 그러다가 이들은 마침내 서로 인사를 나누기에 이르렀습니다. 그런 다음 박선달은 과부에게 자기의 사랑을 고백하였고, 그녀 또한 자신을 사랑하고 있음을 알게 되었습니다. 그러나 과부는 양반집 여인이 아니었던 까닭에, 박선달은 그녀와 혼인할 수가 없었습니다.

그러자 두 사람은 이 모든 것을 무시하기로 마음 먹었습니다. 그러고는 어디론가, 아무도 그들을 알아보지 못하는 곳으로 훌쩍 떠나, 그런대로 살아가기로 했습니다.

가족들이 알면 그대로 내버려 둘 턱이 없었으므로 과부는 몰래 떠나기로 결심했습니다.

그러던 어느 날 과부가 박선달에게 말했습니다.

"짐을 싣고 갈 노새 다섯 마리를 구하셔서, 사람들이 모두 잠든 한밤중에 그 노새들을 제게 보내 주셔요. 제가 갖고 있는 값나가는 물건들을 모두 실은 뒤, 노새들을 서방님께로 되돌려 보낼께요. 그러면 서방님께서는 노새들을 데리고, 성문이 열리는 아침 무렵에 성문 곁에서 저를 기다리셔요."

그런데 박선달한테는 노새가 없었습니다. 그래서 그는 어디서 노새를 구하나 하고 한참을 궁리해 보았습니다. 그러다가 그는 예전에 함께 안일한 삶을 즐기며 보냈던, 옛 친구 한 사람을 찾아가 보기로 했습니다.

박선달은 모든 사실을 다 털어 놓으며, 노새를 빌려 달라고 부탁했읍니다.

그런데 박선달의 친구 또한 그 과부를 좋아하고 있었읍니다. 그러나 그
는 이런 사실을 박선달한테는 숨긴 채 그에게 노새들을 빌려 주었읍니다.

이튿날 아침, 박선달이 과부의 값나가는 물건을 실은 노새들을 데리고,
성문 곁에서 과부를 기다리고 있을 때였읍니다. 박선달한테 그의 친구가
다가와서는 이런 이야기를 들려주는 것이었읍니다. 과부의 가족들이 모든
사실을 알아차리고, 과부를 집안에 가두었다고요. 그러고는 가족들이 포도
청으로 가, 박선달이라고 하는 자가 자기들의 물건을 훔쳐 갔는데 지금쯤
은 그 물건들을 가지고 성문 곁에 서 있을 거라고 고해 바쳤다고 말입니다.

"자네는 지금으로서는 이 위기를 면할 길이 없네. 그러니 이 물건들을
갖고 어서 도망치게나! 위험이 사라지고 나면 내가 그 여인을 자네에게
데려다 줌세!"

그리하여 박선달은 친구가 시키는 대로 하였읍니다.

그런데 박선달의 친구는 성문 곁에 남아 있다가, 과부가 그곳에 도착하
자 이렇게 말하는 것이었읍니다.

"기다려 보아야 헛일입니다. 그는 다만 당신의 값진 물건들을 빼앗는
데에 목적이 있었던 것이에요. 지금쯤은 벌써 멀리 도망쳐 버렸을 겝니
다……"

과부는 절망에 빠지고 말았읍니다. 그토록 자신에 대한 사랑을 맹세했
던 바로 그 사람이, 그처럼 사신을 속일 수가 있다니……과부는 값진 물건
들은 다 잃어버린 신세로 남겨졌고, 이제는 가족들한테 돌아갈 수조차 없
게 된 것입니다.

이때 교활한 친구가 그녀에게 말했읍니다.

"그에 대한 복수로 나를 사랑하세요. 그리고 우리 또한 함께 이곳을 떠
나, 멀리 가 버립시다."

그러나 과부로서는 다른 이를 선택한다는 것은 있을 수 없는 일이었읍

니다. 그러나 그녀는 이렇게 말했습니다.

"좋아요. 하지만 우리가 어디론가로 떠나게 되면, 그곳에 주막을 한 채 짓도록 하십시다. 그래서 그 주막이 손님을 접대하는 점에서나, 편리한 점에서, 또한 값이 싸다는 점에서 온 나라 안에 소문이 자자하게 퍼지도록 하십시다."

"좋소!" 하고 박선달의 친구가 대답했습니다.

"비록 그와 같은 명성을 얻는 데 내가 값비싼 대가를 치르게 된다 할지라도, 내 그대를 사랑하니, 그대의 그 괴상한 취미에 따르리다."

그리하여 이들은 그와 같은 생각을 실천에 옮겼습니다.

한편, 헛되이 과부를 기다리던 박선달은 어찌된 셈인지 궁금하여 한양으로 가 보려 해도, 그곳에 가면 붙잡히게 될까 봐 이러지도 저러지도 못하고 있었습니다. 그러던 중, 길을 지나가던 마을 사람에게서 과부가 자기 친구와 함께 어디론가로 남 몰래 도망쳤다는 사실을 듣게 되자 그는 어쩔 바를 몰랐습니다.

그러다가 박선달은 모든 여인에게 저주를 퍼부었습니다. 그러고는 노새와 과부의 값나가는 물건들을 절로 가져가 승려들에게 넘겨 준 뒤, 남달리 크게 출세하리라 마음 먹었습니다.

그리하여 그는 황금과 인삼을 찾아 떠났습니다. 그는 가장 비천한 생활을 하는 떠돌이꾼처럼 지냈습니다. 그래서 마적떼들이 쏘는 총알이 그의 귓전을 스쳐 지나가는 일도 드물지 않았습니다. 그는 가장 인적이 드문 곳만을 골라 다녔습니다. 인적이 드물면 드물수록 그의 마음은 덜 슬퍼졌던 것입니다. 좀더 멀리 길을 떠돌아 다니다 보니, 박선달은 장백산맥 줄기에 있는 백두산 꼭대기까지 이르게 되었고, 용들이 지키는 신성한 호수에까지 이르게 되었습니다.

이처럼 신성한 장소를 자신이 침범했다는 사실에 크게 놀라며 마음에 심한 동요를 느낀 박선달은, 자기가 죽어야 한다는 생각을 더 이상 의심하지 않게 되었읍니다.

어느덧 주위에는 어둠이 짙게 내리고 있었읍니다.

박선달은 하늘을 향해 열렬한 마음으로 기도를 한 뒤, 저무는 해를 향해 이렇게 말했읍니다.

"아아, 위대하신 태양이시어! 당신은 당신의 황금 궁전에서 나와 온 누리를 보고 계십니다. 그러나 저는 이곳에서 아무도, 아무것도 볼 수가 없읍니다. 그녀를 보시게 되거든 그녀로 인하여 이곳에서 제가 죽어간 사실을 전해 주시옵소서!"

그런데 그가 잠이 들자 한 가닥 바람이 그의 얼굴을 부드럽게 쓸어 주며 스쳐 갔읍니다. 그러자 그에게는 이 바람이 바로 사기가 사랑하는 여인의 숨결처럼 느껴졌읍니다. 그 언젠가 자신에게 입맞춰 주었을 때처럼 부드러운……

그러자 어둠 속에서 누군가의 끄는 듯한 힘에 이끌려, 그는 자기도 모르게 번쩍 눈을 떴읍니다. 그러자 그의 두 눈앞에 그가 살아 있는 동안에는 결코 잊을 수 없는, 신비롭고도 아름나운 광경이 펼쳐져 있었읍니다!

초승달은 저만큼 먼 하늘에 걸려 있었읍니다. 주위는 까맣게 어두웠지만, 전갈자리의 별들은 달을 둘러싸고 마치 수많은 금강석들처럼 영롱하게 그 빛을 발하고 있었읍니다. 그런 까닭에 별빛은 어두운 밤 하늘의 푸르름 속으로 더욱더 깊이 스며드는 것처럼 느껴졌읍니다. 어둠에 휩싸인 백두산은 흰 빛을 발하며 홀로 우뚝 솟아있었고, 그 꼭대기는 하늘 위로 드높이 솟아올라, 가려진 채 잘 보이지 않았읍니다. 산꼭대기로부터 눈에는 거의 보이지 않는 흐릿한 안개가 피어나고 있었읍니다. 그런데 이때 난데없이 용 한 마리가 날아 오르더니, 달과 땅 사이에서 멈추었읍니다. 용의 모습 또한 마치 안개처럼 회고도 투명한 빛을 띠고 있었읍니다. 용은 티없이 맑은 하늘의 달을 향해 숫구쳐 올랐으므로, 잠을 자지 않고 있던 사람이라면 누구나 그 모습을 볼 수 있었을 것입니다.

용이 말했읍니다.

"나를 두려워하지 말라. 나는 네가 스스로의 뜻에 의해 이곳까지 다다른 것이 아님을 알고 있으니 말이다. 그러나 너는 스스로 모든 것을 떨쳐 버리고 가난한 사람이 되었다. 또한 너는 백성들이 얼마나 큰 고통 속에 살고 있고, 지배계층은 백성들로부터 얼마나 갖가지 세금을 거두어 들이고 있는가를 잘 알고 있다. 너는 그동안 헛되이 애써 왔으니, 네게 노력의 대가를 치러 주마. 해질녘에 이곳을 떠나 너희 나라로 곧장 가거라. 태양이 세 번 뜨고 진 다음, 호수와 세 그루의 나무가 눈에 뜨일 테니, 그곳에서 땅을 파기 시작하라. 너는 그곳에서 네가 원하는 만큼의 황금을 발견하게 될 것이니라."

이런 말을 남긴 뒤에 용은 그 모습이 희뿌옇게 흐려지더니, 캄캄한 하늘로 완전히 자취를 감추어 버렸읍니다.

아침이 되어 잠을 깬 박선달은 자기가 꾼 꿈을 생각해 보았읍니다. 그는 위대한 용이 지배하는 하늘에 감사한 뒤에, 자기 나라를 향해 남쪽으로 길을 떠났읍니다.

세 번 해가 뜨고 진 뒤, 박선달은 호수와 세 그루의 나무를 보게 되었읍니다.

그가 땅을 파기 시작하자, 사람이 꿈속에서나 겨우 볼 수 있을까 말까 한 많은 황금이 나왔읍니다.

그는 땅을 파고 또 팠읍니다. 목이 심하게 탈 때면 호수의 물을 마셨고, 배가 고프면 인삼을 먹었읍니다. 어쩌면 박선달은 오늘날까지도 계속 땅을 파고 있었을지도 모릅니다. 어느 날인가 용이 처음 모습을 나타냈을 때처럼, 초승달이 뜨기 시작한 지 나흘째 되던 날, 한밤중에 그를 찾아와 이런 말을 해주지 않았더라면 말입니다.

"이 가엾은 사람아! 대체 얼마 동안이나 네가 땅을 파고 있는지 알기나 하는가? 너는 벌써 열다섯 해 하고도 석 달 동안이나 계속 땅을 파고 있었단 말이다!"

이 말에 박선달은 울음을 터뜨리며 말했읍니다.

"더 이상은 땅을 파지 않겠읍니다!"

그러자 박선달아 캐어 놓은 황금만을 남겨 놓고, 땅속에 묻혀 있던 황금은 순식간에 사라져버렸읍니다.

그렇지만 박선달이 캐어 놓은 황금만 해도, 그것을 가져가려면 노새 백 마리는 있어야 할 정도로 많은 양이었읍니다. 그리하여 박선달은 자기가 가져갈 수 있는 만큼의 황금만을 가지고 길을 떠났읍니다. 그가 길을 지나가노라면, 그를 가로막은 울창한 숲은 길을 내주었고, 늪은 물기가 말라버렸으며, 강 위에는 다리가 생겼읍니다. 그러나 그가 길을 지나가고 나면, 그가 지나온 길은 다시 습한 늪지대로 변하였고, 사람이 지나다닐 수 없는 울창한 숲과, 높은 산들로 가로막히는 것이었읍니다.

그리하여 박선달은 중국인들이 사는 어느 고을에 다다르게 되었읍니다. 그곳에서 그는 갖고 있던 황금을 모두 팔았읍니다. 황금을 갖고 조선에 도착하면, 황금을 캐는 것을 금하고 있는 나라의 법에 따라서 사형에 처해질지도 모르기 때문입니다.

황금을 판 돈이 어찌나 많았던지, 그는 황소 일흔 마리를 구해, 그 등에 자기 돈을 실어 날라야 할 정도였읍니다.

그러고는 그 자신은 바퀴가 둘 달린 마차를 탔읍니다. 마차 위에서 그는 새삼 자신의 전생애가 어떻게 지나갔는가 하는 생각에 잠겼읍니다. 어느덧 자기 자신은 나이가 들고, 지쳐 버린 사람이 되어 있었기 때문입니다.

그러다가 박선달은 과부가 그의 친구와 함께 주막을 운영하고 있는, 바로 그 고을에 이르게 되었읍니다.

과부는 자기가 계획한 일이 장차 어떤 결과를 가져올는지 미리 알고 있었읍니다. 이 주막에 대한 평판은 나라 안에 급속히 퍼져 나갔읍니다. 따라서 그녀는 자기를 버리고 간, 자기가 사랑했던 이가 언젠가는 자신이 예측한 대로 이곳에 들르게 될 것이란 점을 이미 헤아리고 있었던 것입니다.

과부는 박선달이 마당에 들어서자마자 곧 그를 알아보았읍니다. 그러나 박선달은 그녀를 알아보지 못했읍니다.

저녁때가 되어 과부가 박선달의 저녁밥을 차려 갖고 갈 때, 그녀는 남모르게 칼을 하나 옷주름 사이에 살짝 감춰 갖고 갔읍니다. 그러고는 그에게로 다가가, 짐짓 그와 이야기라고 나누려는 듯한 태도를 꾸며 보였읍니다.

박선달은 지금 자기가 이야기를 나누고 있는 사람이 누구인지도 모르고 그동안 자기가 겪은 이야기를 모두 들려주었읍니다. 그러자 과부는 울음을 터뜨리고, 칼을 내동댕이치면서 자기가 누구인가를 밝혔읍니다. 그러고는 박선달의 친구가 자기네 두 사람 모두를 어떻게 속였는지를 이야기하였읍니다.

"무릇, 어떠한 사람에게 있어서나 삶이란 흘러 지나가게 마련이라오."하고 박선달이 말했읍니다.

"그러나 우리는 그 누구도 속인 적이 없으며, 서로를 사랑하고 있소. 또한 우리에게는 추억이 있소. 그러니 우리 이곳에서 멀리 떠나가, 우리의 남은 여생을 함께 보내도록 하십시다."

그리하여 이 두 사람은 주막을 몹쓸 친구에게 남겨 둔 채, 그날 밤에 주막을 나와 어디론가로 멀리 떠났다고 합니다.

# 힘장사

소승상이란 대신이 살고 있었읍니다.

어느 날 그를 제거하려는 음모가 꾸며져, 왕은 그를 대신 자리에서 쫓아 냈읍니다

소승상은 아내와 함께 사람의 발길이 닿지 않는, 마을에서 멀리 떨어진 곳으로 떠나 살아갔읍니다. 올바르지 못한 처사에 의해 벼슬을 물러나게 되어 몹시 모욕을 느끼고 있었던 까닭에, 그는 그 누구도 만나려 하지 않았 읍니다.

그는 아들이 하나 꼭 있었으면 하고 바랐지만, 그에게는 아들이 없었읍 니다.

그러자 그의 아내인 천씨는 자기 몸종과 함께 절로 갔읍니다.

그런데 승려 한 사람이 절 근처에서 천씨를 보고는 이렇게 말하는 것이 었읍니다.

"나는 그대가 어찌하여 이곳에 왔는지 알고 있소. 자, 내 뒤를 따라오 시오."

승려는 천씨를 성스러운 산으로 데리고 갔읍니다. 그런데 이미 날이 저 물었으므로 천씨는 그곳에서 하룻밤을 보내게 되었읍니다.

밤중에 그녀는 이런 꿈을 꾸었읍니다. 그녀가 눈을 들어 바라보니, 하늘 에는 큰곰자리(북두칠성)의 별들이 흐르고 있었읍니다. 그런데 돌연 그 별 자리가 사람의 모습으로 변하자, 은빛 찬란한 빛이 천씨의 몸을 뚫고 지나 가는 것이었읍니다.

천씨가 잠을 깨자 승려가 말했읍니다.

"이제 집으로 가서 기다리시오."

그 후 열 달이 지난 뒤에, 천씨는 모습이 보이지 않는 아이를 낳았읍니다. 이 보이지 않는 아기에게는 날개가 달려 있어, 아기는 성스러운 산으로 날아가 버렸읍니다.

이 아기는 젖을 먹을 때만 이따금 자기 어머니한테 날아오곤 하였는데, 어머니 천씨 자신은 그런 사실을 알지 못했읍니다.

아기의 부모는 여느 때처럼 이 일에 대해서도 입을 다물고 지냈읍니다. 그렇게 하지 않으면 아들이 다시는 자기들에게 돌아오지 않게 될까봐 두려워했기 때문입니다.

사내아이는 신성한 산에서 자라났고, 소대상이라 불리었읍니다. 위대한 도인이 그에게 학문과 무술을 가르쳐 주었읍니다. 세월은 흘러 어느덧 소대상은 만 여섯 살이 되었읍니다.

그러던 어느 날 그는 도인에게 집으로 가게 해달라고 간청하기 시작했읍니다.

"너는 힘장사로서 보통 사람들과 같은 삶을 살도록 태어나지 않았느니라. 먼저 네게 지워진 사명을 수행해야 한다. 그런 다음에 네 가족들을 찾아보고 아내를 얻도록 하라. 우리 나라가 침략자를 상대로 싸움을 하고 있음은 너도 잘 알고 있으렸다? 침략국의 힘장사 카타리온은 이미 이 나라의 힘장사 춘칠이와 싸워 두 번이나 이긴 바 있다. 그러니 가서 카타리온과 싸워 이기도록 하라."

"하오나 제게는 칼도, 투구도, 방패도, 힘장사의 차림에 알맞은 의상 한 벌도 없읍니다."

"너는 이 모든 것을 조상들의 무덤에서 얻게 될 것이로다."

그리하여 소대상은 조상들의 무덤으로 가 제를 올린 후 잠이 들었읍니다. 그러자 꿈속에서 새하얀 노인이 나타나, 힘장사가 갖추어야 할 의복이며, 무구를 모두 그에게 주었읍니다.

소대상이 잠을 깨어 보니, 자기 곁에 힘장사가 갖추어야 할 모든 무구 (무기 등 전쟁에 쓰이는 여러 기구의 총칭)가 눈에 띄었읍니다. 그는 무구를 모두 갖추었읍니다. 바로 이때 하늘에서 아주 사나와 보이는 말 한 필이 내려왔읍니다. 그는 말 잔등에 올라 임금에게로 달려갔읍니다.

임금은 힘장사가 벼슬자리에서 쫓겨난 대신의 아들이란 사실을 알았을 때, 놀라움을 금치 못했읍니다. 그 아들이 자신에게 복수를 하기는커녕, 적으로부터 나라를 지키는 일을 떠맡으려 하다니 말입니다.

왕은 그에게 군대를 내주며, 자신의 힘장사인 춘칠이로 하여금 그의 부하로 싸우게 했읍니다.

소대상은 무엇보다 먼저 자기 군사들에게 술잔치를 베풀며 보냈읍니다. 그런 다음 그는 자기 병사들에게 물었읍니다.

"생각긴대, 진쟁터에 나길 필요 없이 평생 이처럼 잔치나 즐기며 보내는 편이 더 좋지 않겠는가?"

"아닙니다!"하고 병사들이 대답했읍니다.

"적들을 우리 나라에서 쫓아내야 합니다!"

"좋다. 그렇다면 나아가 그들을 무찌르자!"

소대상은 바로 거인 춘칠이가 카타리온을 상대로 혈투를 벌이고 있을 무렵에 싸움터에 도착하였읍니다. 그러나 카타리온은 이미 춘칠이를 베어 이긴 뒤였읍니다.

이에 격분한 소대상은 적들을 향해 돌진하였읍니다.

처절한 대혈투가 있은 후에 적은 패하여 퇴각했읍니다. 그러나 카타리온은 이에 기세가 꺾이지는 않았읍니다. 그는 소대상의 진영에 불을 지를 셈으로 밤중에 그곳으로 향했읍니다.

그러나 그는 다름 아닌 소대상의 손에 사로잡히게 되었고, 소대상은 그를 단칼에 베어 버렸읍니다.

　　사태가 이쯤 되자 적국의 황제는 전군을 소집하여, 소대상을 맞아 싸우러 나갔읍니다.

　　그러나 소대상은 황제의 군대를 쳐부수고, 황제를 포로로 사로잡았읍니다.

　　후에 적국은 우리 나라에 병합되었다고 전해지고 있습니다.

# 현명한 원님

예전에 벼슬자리가 돈에 의해 거래되지 않고, 학문의 정도에 따라 벼슬에 오르던 때에는, 나라 일을 맡아 보던 관리들이 지혜로왔읍니다.

그 언제인가 아리따운 여인이 살고 있었는데, 그녀는 마차 여행을 하는 나그네들이 묵어 가는 주막 주인의 아내였읍니다. 주막 주인은 술이나 마시고 노름이나 하며 지냈지만, 그녀는 주막의 모든 일을 돌보았읍니다.

주막에 묵어 가는 이들이 뛰어난 아름다움을 지닌 이 여인의 모습을 훔쳐 보곤 하였지만, 그녀는 아무에게도 관심을 보이는 법이 없었읍니다. 그러나 회령이 고향인 김기라는 이가 이곳에 도착했을 때는 경우가 달랐읍니다. 김씨는 주막 안주인을 먼발치에서 보았을 뿐인데도 그녀의 아름다움은 그의 발걸음을 멈추게 하였읍니다. 게다가 그녀의 태도에서 은근히 자신을 얻은 그는 그 주막에서 하룻밤을 보내기로 하였읍니다.

밤이 되어 주막 주인이 어느 때처럼 노름을 하러 나가자, 김씨는 조심스레 안주인이 자고 있는 방으로 들어갔읍니다.

그런데 발밑이 축축히 젖는 느낌이 들어 김씨가 불을 켜 보니, 바닥에는 피가 고여 있었읍니다. 그리고 바로 그곳에는 주막 안주인이 가슴에 칼이 꽂힌 채, 자리에 누운 모습으로 숨져 있었읍니다. 그는 도망치려 했으나, 이날 밤 주막에 묵고 있는 나그네가 자기 혼자뿐이라는 생각이 퍼뜩 들었읍니다. 따라서 자기가 도망친다면 사람들이 쫓아와 자기를 죄인으로 몰아세울 것이 분명했읍니다. 그렇다고 해서 그대로 머물러 있자니, 그것 또한 더 나을 게 없었읍니다. 모든 사태가 자기에게는 불리하였으므로, 그는 모든 것을 운명에 맡기기로 마음 먹었읍니다.

날이 밝자 집으로 돌아온 주막 주인은 죽은 자기 아내 곁에 김씨가 있는 것을 보고 그를 관가로 끌고 갔읍니다.

그리하여 김씨에 대한 문초가 시작되었읍니다. 원님의 물음에 김씨는 고문이 두려워 자기가 죽였노라고 말해 버렸읍니다.

그러나 원님은 죽은 주막 안주인의 시신을 주의 깊게 조사한 뒤, 가슴에 꽂힌 칼을 뽑았읍니다. 그런데 김씨의 칼은 그가 그대로 몸에 지니고 있는 것을 보고 원님이 물었읍니다.

"이 칼의 칼집은 어디에 있느냐?"

김기는 그 칼집을 갖고 있지 않았읍니다.

그러자 현명한 원님은 모든 마을 사람들에게 각자 자기의 칼을 가져오라는 명령을 내렸읍니다.

그러고는 마을 사람들의 칼끝을 모두 한데 섞은 뒤, 문제의 칼을 그 속에 섞어 놓았읍니다. 그런 다음 원님은 자기의 칼을 다시 찾아가라고 명령하였읍니다.

마을 사람들이 제각기 자기 칼을 집어 갖자, 제일 나중에는 섞어 놓았던 문제의 칼 하나만이 남게 되었읍니다.

"헌데, 이 칼은 누구의 것이냐?"

"그 칼은 백정인 차씨의 것입니다."하고 차씨의 이웃 사람이 말했읍니다.

원님으로서는 이 한 가지 사실만 알면 되었읍니다. 원님은 차씨를 붙잡아 오라고 명령한 뒤, 그를 감옥에 가두고서 그의 두 다리 사이에 나무로 만든 주리를 끼웠읍니다. 그러고는 차씨의 다리뼈가 으스러지도록 주리를 비틀게 했읍니다. 마침내 고통을 참지 못한 차씨는 주막 안주인이 자기의 사랑을 받아 주지 않았기 때문에 그녀를 죽였노라고 자백하기에 이르렀읍니다. 그리하여 차씨는 참수형에 처해졌다고 합니다.

# 고씨와 길례 아가씨

어느 고을에 고씨라는 젊은이가 살고 있었읍니다. 그는 가난하였으므로 자기 이웃집에서 머슴으로 일하고 있었읍니다. 그는 부지런한 데다가 자기 친구들과도 잘 지내고 있었으므로 모두들 그를 좋아하였읍니다. 그런데 그가 아직 총각 신세를 면치 못하고 있었기 때문에, 모두들 그가 얼른 장가들기를 바랐읍니다. 그러던 어느날 이 문제를 의논하려고 고을 사람들이 모임을 가졌읍니다. 그러고는 길례라는 이름의 처녀가 그에게 가장 잘 어울리는 신부감이라고 결정하였읍니다. 길례에 대한 평판은 널리 고을 밖에까지도 알려져 있었읍니다. 처녀의 아버지 또한 기꺼이 그를 승낙하였읍니다. 그리하여 고씨는 길례 아가씨에게 장가들게 되었읍니다.

이들 두 사람에게 가장 좋다는 길일을 택해 혼례 날짜가 정해졌읍니다. 이 날은 세 번째 초승달이 뜬 지 여드레째 되는 날이었읍니다.

혼례식을 마친 뒤, 신랑 신부가 그들이 거처할 집으로 왔을 때, 길례 아가씨가 고씨에게 말했읍니다.

"서방님은 젊은 재능 있는 분이십니다. 서방님께서는 큰 인물이 되실 수 있으며, 그만한 시간이 서방님께는 있읍니다. 서방님 나이 이제 겨우 열여덟이시니까요. 저는 서방님을 사랑하오나 좀더 큰 사랑을 하고자 합니다. 그래서 저는 서방님께서 글을 읽고 쓰는 것을 배우고, 모든 학문을 터득하시게 될 때까지 서방님의 아내가 되지 않을 작정입니다."

"허나 그러기 위해서는 열 해가 걸려도 부족할 터인데……!"하고 고씨가 외쳤읍니다.

"학문을 닦으시다 보면 열 해는 지나가 버립니다. 저는 집안일을 돌보며 서방님을 기다리고 있겠어요."

"내 그대의 소망대로 실행하리다. 허나 한 해가 지난 뒤에 시작하겠소. 이 한 해 동안은 그대와 더불어 지내고 싶구료. 그대는 이처럼 아름답고, 내 그대를 사랑하고 있으니 말이오."

"아니 되십니다. 서방님께서 지금 제 청을 실행에 옮기지 않으신다면, 한 해가 지난 후에는 저는 서방님을 위하여 아무것도 할 수 없게 될 것입니다. 그러니 서방님께서 진정코 저를 사랑하신다면 제 청을 들어주셔요."

"좋소."하고 고씨가 말했읍니다.

"내 그대의 소망대로 실행하리다. 허나 나 또한 조건이 있소. 오늘 밤 그대는 내 아내가 되어 주어야 하오. 그런 다음 난 집을 떠나 열 해가 지난 뒤, 그대가 바라는 바와 같은 사람이 되어 다시 그대 곁으로 돌아오리다."

"좋읍니다. 서방님의 소원대로 따르겠어요. 하오나 먼저 우리 사이에 약조를 맺어야 해요."

길례 아가씨는 자기 오른손의 셋째손가락을 조금 베어, 흐르는 피로 자기 치맛자락에 맹세의 글을 썼읍니다. 그런 다음에 그녀는 글쓴 치맛자락을 반으로 찢은 뒤에, 반쪽은 고씨에게 주고 나머지 반쪽은 자기가 고이 간직하였읍니다.

이튿날 사람들이 모두 곤히 잠든 시간에, 고씨의 모습은 이미 눈에 띄지 않았고, 그가 어디로 떠났는지 아무도 알지 못했읍니다.

길례 아가씨는 길을 떠나는 고씨에게 몇 권의 책과 약간의 노자를 주었읍니다.

고씨는 길을 걸어가며, 어떻게 자기가 선비가 될 수 있을까를 궁리해 보았읍니다. 이런 생각에 잠겨 길을 가던 고씨는 어느 마을에 이르렀읍니다.

길을 가던 고씨는 어느 집 근처에서 서동들의 글 읽는 소리를 듣고는,

여기가 서당이구나 하는 생각이 들었습니다. 고씨는 그곳으로 들어가 자리에 앉았습니다.

그러자 서당 훈장이 그에게 물었습니다.

"자네는 누구인고?"

"저는 글을 배우러 온 사람입니다."하고 고씨가 대답했습니다.

"자네 책은 어디에 있는가?"

고씨는 책을 보여주었습니다.

"어디 한번 읽어 보게나."하고 훈장이 말했습니다.

그러나 고씨는 읽는 법을 몰랐습니다.

"자네는 글을 배우러 온 사람이 아니라 사기꾼이야! 자네는 다만 조밥이나 거저 얻어먹으려는 속셈이지! 내 문하생들은 이미 많은 것을 배워 알고 있으니, 이곳에는 자네가 상대하고 있을 사람은 아무도 없네. 그러니 썩 나가게!"

그리하여 고씨는 서당을 나섰습니다.

"좋아! 앞으로는 결코 그 누구한테서도 글을 배우지 않겠다!"고 그는 마음 먹었습니다.

'숲 속에 들어가 호랑이밥이나 되는 편이 더 낫겠어!'

이런 생각을 한 고씨는 숲으로 들어갔습니다. 계속 숲 속으로 깊숙이 들어가다 보니 너무 울창한 숲 속까지 들어가게 되어, 그는 그만 길을 잃고 말았습니다. 그는 비록 죽으려고 마음을 먹기는 했지만, 막상 가까이에서 무슨 소리가 들리자, 이를 호랑이들의 발짝 소리로 생각하고는 재빨리 몸을 숨겼습니다.

그러나 이것은 호랑이들이 아니라 승려들이 낸 소리였습니다. 승려들이 거처하는 기와를 없은 절이 이 숲 속에 세워져 있었던 것입니다.

"이 자가 바로 간밤에 우리 절을 도둑질하려 했던 못된 자임에 틀림없어!"하고 승려 한 사람이 고씨를 보고 말했습니다.

그러자 승려들이 모두 한꺼번에 달려들어 고씨를 때리기 시작했읍니다. 그런 다음 이들은 고씨를 꽁꽁 묶어 감옥에 가두게 했읍니다.

사흘 동안을 고씨는 두려움 때문에 말 한마디 못한 채 지냈읍니다.

그러던 중 이 고을을 다스리는 원님이 그를 보고, 고씨가 도둑같이 보이지는 않는다며 그에게 부드러운 태도로 묻기 시작하였읍니다. 고씨는 그제서야 비로소 제정신을 되찾아, 자기한테 일어났던 일들을 모두 이야기하였읍니다.

이야기를 다 듣고 난 원님은 "좋아."하고 말했읍니다.

"자네가 정녕코 글을 배우고자 한다면 내 집에 머무르면서 장작을 해오도록 하게. 그러면 내 직접 자네에게 글을 가르쳐 줌세."

그리하여 고씨는 원님의 말에 따르기로 하였읍니다. 고씨가 원님의 집에 머무른 지 다섯 해가 지나자 하루는 원님이 그를 불러 말했읍니다. 이제 과거를 볼 만한 실력이 되었으니, 한양으로 가 원하는 벼슬자리의 과거를 치러 보라고 말입니다.

그 당시만 해도 아직 한양에서는 벼슬이 돈으로 거래되지 않던 시절이었읍니다.

그리하여 아내가 자기에게 정해 준 십년이라는 햇수가 다 지나가기 전이었지만, 고씨는 한양으로 향했읍니다.

그곳에서 고씨는 다른 응시자들과 함께 정해진 날에 과거를 치렀읍니다.

임금이 직접 과거장에 나와 그들 모두에게 다음과 같은 문제를 내주었읍니다.

"笑(미소), 姬(여인), 酒席(술자리), 中(중앙)."

과거를 보러 온 사람들 가운데서 고씨 한 사람만이 이 글들을 제대로 읽고, 임금이 이 낱말들을 통해 무엇을 말하고자 했는가를 헤아릴 수가 있었읍니다.

임금의 속마음을 헤아려 고씨는 다음과 같은 글을 지었읍니다.

"고을 한가운데 주막이 있어

아리따운 여인이 그 밝은 미소를 던져

뭇 젊은이들의 마음을 끌고 있구나."

고씨는 이 글로 장원 급제하여 암행어사라는 아주 좋은 벼슬을 받게 되었습니다. 이것은 나라의 온 지방 곳곳을 감찰하는 감찰사 자리였습니다.

그 뒤로 세 해가 더 흘러 갔습니다. 비록 아직까지 아내와 약속한 기간이 다 지나가지는 않았지만, 고씨는 고향을 찾아가 보기로 마음 먹었습니다.

그는 고향 마을에 도착하자, 그를 알아보는 이 없는 어느 낯선 집에서 묵었습니다.

"여보시오." 하고 고씨가 이 집 사람들에게 물었습니다.

"이 고을에는 성이 고가라는 사람이 산다던데, 그 사람에 대해 알고 계신 바가 있으면 말씀해 주시구료."

"예. 지금으로부터 여덟 해 전에,"하고 이 집 사람들이 그에게 밀했읍니다.

"이 고을에 고가라는 사람이 살고 있었답니다. 그런데 장가를 든 후에 고을을 떠났다는데, 그 뒤로는 아무도 그의 모습을 본 일이 없다오."

"그는 어디로 떠났답니까?"

"우리는 모른다오. 이곳에는 다만 그의 아내가 머물러 살고 있을 뿐이라오."

"그의 아내는 어떤 여인입니까?"

"그 아내는 아주 덕망 높은 여인이라오. 그녀는 기와지붕을 얹은 훌륭한 집을 한 채 짓고는, 그곳에서 일곱 살 난 자기 아들과 함께 살고 있다오. 또한 서당을 세워 이 고을 아이들에게 그곳에서 무료로 글을 배우게 하고 있답니다."

"난 암행어사요."하고 고씨가 말했읍니다.

"그러니 그 서당을 시찰해 보아야겠소."

"그곳엘 가면 그곳에서 어사님을 아주 따뜻이 반겨줄 것이옵니다. 비록 여주인은 만나 보시지 못하게 되더라도 말입니다. 남편이 떠난 이후로 그 여인은 아무에게도 모습을 나타내 보이지 않는 까닭이지요."

고씨가 서당에 당도하자 서동들이 모두 그를 기다리고 있었읍니다. 그는 서동들을 한 명씩 불러 세워 성을 물어 보았읍니다.

그러자 그들 중 한 서동이 성이 무엇이냐는 물음에 이렇게 대답하는 것이었읍니다.

"제 성은 고가이옵니다."

그러나 어사 고씨는 자신이 누구라는 것을 밝히지 않은 채, 서동들의 실력을 시험해 본 후 그곳을 떠났읍니다.

그 뒤로 다시 두 해가 흘러 갔읍니다. 아내와 약속한 열 해가 다 지나가자, 고씨는 다시 고향마을로 향했읍니다.

그는 서당에 찾아가 자기 아들에게 말했읍니다.

"난 네 어머니를 만나 뵈러 왔느니라."

"제 어머님은 만나 뵐 수가 없읍니다."

"이 물건을 어머님께 갖다 보여드리거라."

그것은 열 해 전에 아내가 자신의 피로 글을 쓴 뒤, 반쪽으로 자른 헝겊 조각이었읍니다.

아들은 묵묵히 그것을 받아든 뒤 어머니에게로 갔읍니다.

"저기에 어떤 낯선 분이 오셔서 어머니를 뵙겠다고 하시며 이 헝겊을 주셨어요."

길례 아가씨는 헝겊 조각을 보자마자 외쳤읍니다.

"아아, 어서 그 분을 모셔 오도록 해라!"

"어머니, 그게 웬 말씀이세요? 그렇다면 그 분이 제 아버님이란 말씀이세요?"

"그렇단다. 그 분이 바로 내 지아비이자, 네 아버님이시란다!"

그리하여 자신의 약속을 실행에 옮긴 후, 집으로 돌아온 고씨는 절개가
곧고 현명한 아내와 더불어 오래도록 행복하게 살았다고 합니다.

# 난이와 돌이

난이와 돌이는 두 사람이 모두 나이가 겨우 만 열여섯이 되었을 때 그만 죽고 말았읍니다.

죽은 뒤에 두 사람의 영혼은 염라대왕 앞에 불려 나가게 되었읍니다.

줄을 서서 차례를 기다리고 있는 동안 난이와 돌이는 서로 인사를 나눈 뒤, 오손도손 이야기를 나누었읍니다.

그들의 차례가 되자 돌이는 착오로 인하여 잘못 불려 오게 되었음이 조사 결과 밝혀졌읍니다. 의주 태생의 돌이란 젊은이를 불러와야 할 것을, 실수로 이원 태생의 돌이를 불러왔던 것입니다.

"그러니 너는 이승으로 되돌아가도록 하라."

돌이에게 염라대왕이 말했읍니다.

"저 혼자 되돌아가기에는 너무 심심하옵니다."하고 말하며, 돌이는 이렇게 간청하였읍니다.

"제가 이승으로 이 처녀와 함께 되돌아가면 안되겠사옵니까?"

"안 돼, 결코 안 돼. 그 처녀는 저승에 올 차례가 되었거든."

그러나 돌이는 막무가내로 애원하였읍니다. 그러다가는 마침내 이렇게 말하기에 이르렀읍니다. 난이와 함께 돌아갈 수 없다면, 자기도 이승으로 되돌아가지 않겠노라고요.

돌이는 계속 말을 이었읍니다.

"저는 가난한 사람이옵니다. 저는 장가를 가야 할 나이지만, 대체 무슨 돈으로 장가를 갈 것이며, 이 세상에 저 같은 가난뱅이한테 시집오겠다는

사람이 누가 있겠사옵니까? 이승 세계에서 부자들은 부자인 배필만을 찾
읍니다. 하오나 저승 세계에서는 모든 사람들이 평등하고 돈이 필요치 않
은 곳이옵니다."

돌이가 어찌나 열렬히 애원하였던지 염라대왕도 마음이 움직였읍니다.

"일단 저승 명부에 기록된 사항은 나로서도 바꿀 수가 없느니라. 그러니
내 힘으로는 이 처녀에게 새로운 생명을 갖게 할 방도가 전혀 없느니라.
하지만 한 가지 이런 제안을 할 수는 있도다. 저승 명부에 따르면, 너는
예순여덟 살이 될 때까지 살게 되어 있느니라. 그러니 너의 남은 여생을,
몇 년이 되든간에 네가 원하는 만큼 이 처녀에게 나누어 주도록 하고, 처녀
를 데려가는 방법이 바로 그것이니라."

돌이는 자신의 남은 여생을 똑같이 반으로 나누었읍니다. 그러고는 그
반은 자기가 갖고, 나머지 반은 난이에게 주었읍니다.

"자, 이제는 이 개 뒤를 따라기도록 허리."

두 사람의 모습을 지켜보던 염라대왕이 말했읍니다.

"떠나기 전에 먼저 서로에게 표를 해둡시다." 하고 돌이가 말했읍니다.

그리하여 이 두 사람은 상대방의 등에 각각 자기네들의 이름을 새겼읍
니다.

그런 다음 이들은 개 뒤를 따라 길을 떠났읍니다. 강에 다다르자 개는
강물 속으로 뛰어들었읍니다. 이를 본 두 사람도 뒤따라 강물 속으로 뛰어
들었고, 그 즉시 이들의 영혼은 두 사람의 몸 속으로 들어갔읍니다.

다시 살아난 두 사람은 저승에서 그들에게 일어났던 일들을 가족에게
이야기하였읍니다.

난이의 아버지는 난이에게 이런 변이 일어나기 전에, 오래전부터 딸을
자기 친구에게 출가시킬 생각을 해 오던 터였읍니다. 그런데 죽은 줄만
알았던 딸이 다시 살아 돌아오자 딸의 이야기를 믿지 않는 척하며, 오래전
부터 생각해온 혼례를 서둘렀읍니다. 그러면서 그는 딸의 잔등에 새겨진

글씨는 딸의 여자 친구가 써 놓은 양 짐짓 꾸며댔습니다.

그런데 혼례식 날, 돌이가 난이의 집에 도착했습니다. 그러자 난이가 말했습니다.

"바로 이 사람이 저의 낭군입니다."

돌이는 이때 자기 저고리를 벗어 보였고, 모여 있던 사람들은 모두 그의 잔등에 새겨진 난이란 이름을 읽을 수가 있었습니다. 그러나 난이의 아버지는 계속 고집을 부렸습니다.

"하늘도, 저승도 감히 육친의 뜻을 저버리지는 몫하는 법이야!"하고 그는 말했습니다.

그러자 돌이는 난이와 잠시 의논을 하더니, 이렇게 말하는 것이었습니다.

"난이는 제가 나누어 준, 제 남은 여생의 반을 갖고 살 뜻이 없다고 합니다. 그런 까닭에 따님을 다른 사람에게 출가시키고자 하신다면, 저는 난이에게 나누어 준 저의 여생을 되찾아갖고자 합니다."

이 말에 난이의 아버지는 어찌해야 좋을지를 몰랐습니다. 그러고는 화가 잔뜩 나서 이렇게 내뱉었습니다.

"내 집에서 나가도록 해라! 이제 넌 이 집 사람이 아니다!"

이 말은 옳은 말이었습니다. 난이는 이제 그의 집 사람이 아니라, 돌이의 사람이었으니까요. 이 두 사람은 자기네들이 그리 오래 살지 못하리라는 것을 잘 알고 있었습니다. 그런 까닭에 이들은 언제나 서로에게 상냥한 태도를 보이며 사랑하였고, 결코 서로 다투는 법이 없었습니다.

두 사람은 슬하에 세 자녀를 두었는데, 자식들을 위하여 그들이 살아 있는 동안 꽤 많은 돈을 모아 놓았습니다.

이 두 사람은 똑같은 날, 똑같은 시각, 똑같은 순간에 함께 세상을 떠났습니다. 그리하여 나그네가 두 사람의 무덤 곁을 지나갈 때면, 그 가까이에 사는 마을 사람들은 그에게 난이와 돌이가 어떻게 살았으며, 얼마나 서로를 아끼며 사랑했는지를 들려주곤 했답니다.

그 뒤로 사람들은 두 사람의 남녀가 서로 사랑하는 이야기를 할 때면, 으레 이렇게 말하곤 하는 것이었읍니다.

"그들은 난이와 돌이처럼 서로 사랑했어요."라고요.

# 고양이의 기원

이 이야기는 아주 옛날 옛적의 일로, 고양이들이 아직 이 나라에 존재하지 않았을 때의 이야기입니다.

그 무렵, 어느 궁수가 살고 있었습니다. 그는 잠이 들면, 자기가 한양에서 열리는 활쏘기 대회에 나가, 임금으로부터 상장과 함께 '지사'라는 칭호를 받는 꿈을 꾸곤 하였습니다. 그는 비록 활솜씨가 뛰어나기는 했지만, 무엇인가 실수를 저지를 것이란 불안감을 떨쳐 버릴 수가 없었습니다. 이런 사실을 안 지혜로운 사람들은 한양으로 출발하기 전에 점장이를 찾아가 보라고 그에게 충고하였습니다.

궁수는 그들 말대로 점장이를 찾아갔습니다. 점장이는 그에게서 천 냥을 받고 나서 말했습니다.

"길을 가다가 여인을 만나거든, 그대가 있는 쪽으로 길을 건너오지 못하게 하시오. 만일 길을 건너오거든 그 여인에게 입맞추도록 하시오."

궁수는 점장이에게 좀더 물어 보고 싶었지만, 더 물어 보려면 북채를 더 내야 하는데, 그만 돈이 부족하였습니다. 그래서 그는 점장이의 이 말만을 들은 채 한양으로 향했습니다.

한양을 십 리 가량 남겨 둔 곳에서, 그는 눈이 부실 만큼 독특한 아름다움을 갖춘 한 여인을 만나게 되었습니다. 그 여인은 힘이 세어 보이고, 균형 잡힌 몸매에, 초록빛 눈을 하고 있었습니다. 궁수는 그 시선을 견뎌낼 수가 없었습니다.

여인이 그가 있는 쪽으로 길을 건너오자, 점장이가 일러준 대로 궁수는 여인에게 입맞추려고 그 뒤를 따라갔읍니다.

여인은 그와 마찬가지로 아주 얌전하게 걷는 것처럼 보였읍니다. 그러나 어느덧 사방에 어둑어둑 어둠이 깔리고, 여인이 어느 작은 농가 안으로 들어갈 때까지 그는 여인을 따라잡을 수가 없었읍니다. 여인이 집 안으로 들어가자 그도 뒤따라 들어갔읍니다. 농가 안에는 처녀의 부모가 앉아 있었읍니다.

궁수는 그들과 인사를 나눈 뒤, 그가 이곳까지 오게 된 사연을 설명하였읍니다.

"점장이가 말한 것은 반드시 그대로 행해야 합니다."라고 말하며, 그는 때마침 처녀가 방안으로 들어오자 처녀에게 입맞추었읍니다.

"오늘은 이미 밤이 깊었으니 이곳에서 하루 묵어 가구료."하고 노인이 말했읍니다.

"평생도록 이곳에 미물리 있으라고 히서도 저는 미다하지 않을 것입니다. 어느덧 댁의 따님을 사랑하게 되었기 때문입니다. 그래서 따님과 혼인하고 싶읍니다."

"그러게나, 혼례를 올리도록 하게."하고 노인이 말했읍니다.

이런 이야기들을 나눈 뒤 밤이 깊어 모두들 잠이 들었읍니다.

한밤중에 궁수가 잠을 깨어 보니, 자기 곁에는 젊은 암호랑이가 잠들어 있었고, 조금 떨어진 곳에서는 두 마리의 늙고 커다란 호랑이가 잠들어 있는 것이었읍니다.

궁수는 겁에 질려 그만 두 눈을 딱 감고 말았읍니다. 그러다가 다시 눈을 떠 보았을 때는, 잠들 때와 마찬가지로 이제는 아내가 된 아라따운 처녀가 잠들어 있었고, 조금 떨어진 곳에는 장인, 장모가 잠들어 있었읍니다. 궁수는 그에게 일어났던 모든 일들에 대해 잠시 생각해 본 뒤, 다시 잠이 들었읍니다.

날이 밝아 궁수가 활쏘기 대회에 참가하려고 한양으로 떠나려 할 때,

그의 아내가 말했읍니다.

"서방님, 오늘은 서방님께 아주 특별한 날이 될 것입니다. 서방님께서는 활쏘기 대회에서 모든 과녁을 다 명중시킬 거예요. 하오나 그 정도 일은 아무것도 아니랍니다. 바로 오늘 서방님께서는 후손들에게까지 대대로 이름을 떨칠 일을 하시게 될 거예요. 지금부터 제가 드리는 말씀을 잘 기억해 두세요. 서방님께서 마지막 과녁을 명중시키고 나면, 언덕 위에 노새를 탄 세 사람이 나타날 거예요. 두 사람은 하얀 옷차림에 하얀 노새를 타고 있고, 흰색 부채를 들고 있을 거예요. 세 번째 사람은 얼룩무늬 노새를 타고, 초록빛 부채를 들고 있을 거고요. 이들을 보시게 되면 즉시 쏴 버리도록 하세요."

"어떻게 사람들을?"

아내는 머리를 저었읍니다.

"이들은 사람이 아니예요. 사람의 모습을 한 괴물들이랍니다. 만일 서방님께서 그들을 죽이지 않으면, 그 괴물들은 사람들을 모두 잡아먹고 말 거예요. 괴물들을 죽이고 나면 얼룩무늬 노새를 타고 있던 괴물의 배를 가르도록 하세요. 뱃속에는 두 마리의 맹수 새끼가 들어 있을 거예요. 그 새끼들과는 결코 헤어지지 않도록 하세요. 그리고 이 새끼들을 마치 서방님의 친자식들처럼 키우도록 하세요."

"내 자식이면 그대의 자식이기도 하오."

"네, 물론 그래요. 그럼 안녕히, 사랑하는 서방님!"

"그런데 그대는 어찌하여 그처럼 슬픈 낯으로 내게 작별을 하는 거요? 난 곧 돌아올 텐데 말이오."

"제가 슬픔에 젖는 것은 서방님과는 단 한순간을 헤어져 있는다 해도 마치 영원한 이별처럼 여겨지기 때문이에요."

아내가 말을 마치자 궁수는 집을 나섰읍니다.

궁수는 활쏘기 대회에서 모든 과녁을 다 명중시켰읍니다. 마지막 과녁에 화살을 쏘고 났을 때, 언덕 위에 노새를 탄 세 사람이 나타났습니다.
과연 두 사람은 흰 나귀를 타고 있었고, 세 번째 사람은 얼룩무늬의 노새를
타고 있었습니다. 궁수는 화살을 세 번 쏘았습니다. 세 화살은 각각 언덕
위의 사람들 가슴에 명중했습니다.

"아니, 저 사람이 무슨 짓을 하고 있는 거야? 사람을 쏘다니?"

사람들이 웅성댔습니다.

"이리 와서 보십시오. 이들이 대체 어떤 사람들인가."

이렇게 말한 궁수는 사람들과 함께 길손 세 명이 쓰러져 있는 곳으로
갔습니다.

가까이 다가간 사람들은 기절할 듯이 놀랐습니다. 그곳에는 사람들이
아니라 호랑이 세 마리가 쓰러져 있었기 때문입니다. 두 마리는 해묵은
한 쌍의 호랑이로 몸집이 몹시 커다랗고, 한 마리는 젊은 암호랑이였습
니다.

"정말 천만다행이구먼! 젊은이가 이 호랑이들을 죽이지 않았다면, 하마
터면 우리 모두가 죽을 뻔하시 않았는가?"

사람들이 이런 말을 하고 있는 동안에, 궁수는 얼른 젊은 암호랑이의
배를 갈랐습니다. 그 속에서 잘생긴 두 마리의 새끼를 꺼낸 뒤에, 새끼들을
품속에 감추었습니다.

이날 궁수는 '지사'란 호칭과 함께 현감 자리를 상으로 받았습니다.

뒤이어 그는 자기 아내를 찾아보았지만 헛된 일이었습니다. 그는 어디
에서도 아내를 찾을 수가 없었습니다. 뿐만 아니라 장인, 장모도, 초가집도,
초가집이 서 있던 장소조차도 찾아볼 수 없었습니다.

한 해가 지나 호랑이 새끼들이 조금 자랐을 무렵, 조선에는 불운하게도
전쟁이 일어났습니다.

그러자 임금은 지금은 현감이 된 궁수를 도원수로 임명했습니다.

"하오나 저는 전쟁에 관해서는 잘 알지 못하옵니다."하며 궁수는 무척

난처해했읍니다.

그러나 임금은 "그렇기는 하나, 그대는 운이 좋은 사람 아닌가. 그러니 가서 승리해 돌아오라. 아니면 목이 무사하지 못하리로다."하며 막무가내였읍니다.

"염려 마세요. 아버님."하고 호랑이 새끼들이 말했읍니다.

"아버님께서는 전쟁에서 승리하실 테니까요."

압록강의 양편 기슭에는 적의 군대와 조선의 군대가 서로 집결해 있었 읍니다. 교전을 하루 앞둔 전날 밤, 호랑이 새끼들은 들판과 숲으로 달려가, 쥐라는 쥐는 모두 소리쳐 불러 모았읍니다.

"적군이 있는 강 건너로 가서, 적군의 활시위와 활을 모두 갉아 끊어 버리고, 그들의 군량과 신발을 모두 먹어 치우도록 해라!"

무리도, 군량도, 신발도 없는 군대란 이미 군대라 할 수 없는, 그저 거지 떼에 불과하였읍니다. 그리하여 도원수인 궁수는 이튿날 적군들을 모두 포로로 잡을 수가 있었읍니다.

전쟁은 이처럼 끝나 버렸고, 궁수는 현감 자리에서 대신으로 임명되었 읍니다.

호랑이 새끼들에 관해 이야기하자면, 그 새끼들은 많은 자손들을 퍼뜨렸다고 합니다. 그리하여 오늘날 그와 같은 호랑이의 자손들은 어디서나 쉽게 찾아볼 수 있게 되었답니다. 우리는 이들을 고양이라 부르고 있지요.

오늘날의 고양이들은 비록 말은 할 줄 모르지만, 사람들은 고양이들이 어떻게 생겨났는가를 기억하고 있기 때문에, 오늘날도 이들을 신성한 동물로 여기고 있다고 합니다. 또한 고양이들의 기원에 대한 이야기 가운데에는, 적들로부터 백성들을 구해 준 기억도 포함되어 있어, 사람들로부터 아낌을 받고 떠받들려지고 있다 합니다.

# 이씨 왕조

한 오백년 전에 이씨 왕조가 왕으로 등극하여 오늘날까지도 다스리고 있다.

이 일은 바로 이렇게 일어나게 되었다.

함흥지방 경흥지역에 이씨와 박씨 두 가문이 있었다. 이씨는 솔보 고을에, 박씨는 남보 고을에 살았다.

이씨와 박씨 모두 영웅호걸이었다.

영웅호걸이라함은 성스러운 산인 명산솔과 여인 사이에서 태어난 자들을 그리 부른 것이다.

성스러운 산인 명산솔의 빛이 여인의 몸으로 스며든 후 열두 달이 지나 영웅호걸이 태어났는데 이들은 태어나자마자 성스러운 산으로 날아갔다. 왜냐면 이들은 날개를 가지고 태어나기 때문이다. 영웅호걸의 부모들은 이들의 탄생을 극비에 부쳐야 한다. 그러지 아니하면 호걸은 전쟁이나 위험한 때를 대비해 전투의 기술을 익히며 살고 있는 성스러운 산에서 내려와 부모들 앞에 모습을 나타내지 아니하기 때문이다.

어린 영웅호걸은 투명인간으로 날아와 어미의 젖을 먹었다. 허나 어미는 도대체 언제 자식이 나타나 자신의 젖을 빠는지 알지를 못한다.

단천 고을의 어리석은 한 어미가 영웅호걸이 태어나자 날아가 버리기 전에 그 날개를 잡아 떼어버렸다. 아들은 짐을 가득 실은 황소를 번쩍 들어올릴 정도로 어마어마한 힘을 가진 장사로 성장하였다. 하늘이 영웅호걸의 운명을 준비하였건만 그는 들어올린 황소만큼이나 멍청하였다.

백성들이 새로운 왕조를 선택하려 할 때에 호걸 이와 호걸 박은 이와 같았다.

어느 날 영웅호걸 이씨의 꿈에 죽은 아비가 나타나 말하길 "삼일 째 되는 날 달밤에 조치늪 호수에서 푸른 용과 노란 용이 싸우게 될 것이다. 너는 푸른 용에게 활을 쏘거라. 그자가 박의 아비이고 노란 용이 바로 나이 니라."

이씨는 시키는 대로 그리 하였다. 상처 입은 푸른 용은 두만강에 몸을 던졌고 노란 용은 강이 되어 굽이쳐 흘렀는데 그 때부터 이 강은 조치늪에서 두만강으로 흐르게 되었고 조치라 불리게 되었다.

바로 이렇게 이씨가 박씨를 이기고 이씨 왕조의 첫 왕이 되었던 것이다.

솔보고을과 남보고을에는 지금까지 두 호걸들의 비문들이 보존되어 있다. 비문들은 중국식 기와지붕 아래 세워져 있는데 기왓장 아래에 대리석 묘관이 있고 그 묘관에는 영웅호걸들이 자신의 손가락으로 영광스런 사건에 대해 쓴 글이 있다.

# 조선을 통치하는 왕조에 대한 두 번째 전설

옛날 옛적에 명당자리를 찾아다니는 유명한 두 지관이 살았다. 이하심과 정감이라는 사람들이었다.

어느 날 둘이서 함께 자신들을 위한 명산을 찾으러 길을 떠났다.

그들은 함경도에 도착해 두만 근처에서 명산을 찾았다.

그러나 산의 어디쯤이 묘를 위한 명당자리인지 결정하지 못하고 잠이 들었다.

다음 날 아침, 잠에서 깨이 지신들에게서 멀지 않은 곳에서 자은 물새가 "심계동"하고 외치고 있는 것을 보았다.

두 사람이 수수죽을 끓여 먹고 일어서려 하자마자 새가 폴짝 날아오르더니 "심계동", "심계동" 외치면서 앞쪽으로 날아갔다.

물새는 이렇게 두 지관이 어떤 장소에 다다르기까지 그들을 불렀다. 새가 이끈 곳에는 똑같이 생긴 두 노파가 베를 짜면서 앉아있었다.

두 지관이 다가가자마자 노파들은 바로 몸을 숨겨버렸다.

"그러니까 여기가 바로 명당자리군."이라고 지관들은 말했다.

누가 어디에 자기 조상을 묻을지 결정하는 일만 남았다.

밤에 두 지관은 (꿈속에서) 자기 조상을 만났는데 그들이 말하였다.

"노파들이 앉았던 자리에 조상의 묘를 쓰는 자의 가문이 먼저 통치를 하게 될 터인데 그 왕조는 404년간 지속될 것이다. 그리고 더 아래쪽에 묘를 쓰는 자가 이 왕조를 대신하게 될 것이다. 서로 제비뽑기를 하여라."

두 지관은 시키는 대로 하였고 첫 번째 장소는 이하심이 차지하게 되었다.

그러나 이런 일이 있은 후 이하심의 자손 4대는 모두 불구로 태어났는데 절름발이들이거나, 곱사등이거나, 장님, 바보천치들이었다. 5대째가 되어서야 똑똑하고 힘센 자가 태어났는데 바로 이 자로부터 지금 홍선대원군이 다스리고 있는 왕조를 개국한 이성계가 태어나게 된 것이다.

그가 어떤 경위로 태어나게 되었는지에 대한 이야기는 다음과 같다.

잔인하고 난폭한 그때 왕에게 역모를 의심받았던 이성계의 아버지는 사형에 처해질 뻔하다가 함경도 영흥지방에 몸을 숨겨 죽음의 위험으로부터 벗어날 수 있었다.

그러나 그곳에서도 안전하다고 느끼지 못했던 그는 가까운 산으로 숨어들었고 거기서 한 참봉이라는 자의 영지에서 살게 되었다.

어느 날 밤 한참봉은 꿈을 꾸었는데, 푸른 용이 나타나 딸에게 입맞춤을 하였다.

아침에 한참봉은 자기 영지를 살피러 떠났고 한 잠든 자를 발견하게 되었다.

간밤의 꿈을 떠올리며 이 잠든 자가 혼인한 자가 아니라는 것을 알고는 한참봉은 딸을 그에게 주었다. 열두 달 후에 딸이 영웅 이성계를 낳았다.

영웅들이 그러하듯이 이성계도 흔적 없이 태어났으며 28세가 되기 전까지 신명한 산에서 박하춘, 둥두란, 두 의형제와 전투기술을 익히며 살았다.

태어난 해로 따져 박이 제일 맏이였으며 둥은 아래였다.

이성계가 28세가 되던 해, 꿈에 할아버지가 나타나 말했다. (이씨와 박씨에 관한 전설에서 이미 말해졌던 바이다.)

이 일이 있은 후에 세 명의 영웅호걸들은 한양으로 향했다.

당시 통치하던 왕은 잔인함이 그 극에 달해 있었다.

왕에게 가까이 다가간 사람들이 여태껏 쌓인 백성들의 분노에 대해 말했을 때, 왕은 뿔이 달린 말이 태어나고, 까치 머리에 흰 벼슬이 자라날

때가 되어야 백성들이 분노하게 될 것이라고 말했다.

그러나 며칠 후 그의 궁으로 흰 벼슬이 난 까치가 날아들었고 잠시 후에는 왕의 가장 훌륭한 명마가 뿔이 달린 말을 낳았다.

그러자 왕이 말하길

"이 주철기둥이 깨어져야 내 백성들의 인내심도 무너질 것이다."

그러나 그 날 밤 전에 없던 혹독한 추위가 찾아들었고 다음 날 아침, 깨어진 주철기둥은 땅위에 뒹굴었다.

바로 그날 아침, 3명의 영웅호걸이 군사와 함께 한양으로 진군해왔고 왕의 군대는 하늘이 이미 등을 돌려버린 자신들의 왕을 버리고는 영웅호걸들을 맞이하러 성문 밖으로 나왔다.

모두에게 버림받은 왕은 산으로 도망쳐 그 곳에서 죽었다.

세 영웅호걸이 한양으로 들어오자 백성들은 그들에게 서로 잘 의논하여 비어있는 왕의 자리를 맡아 달라고 제안했다.

그러자 박하춘이 제일 맏이로써 그 자리에 앉길 원했다. 그러자 왕좌를 장식하고 있던 두 용이 서로 가까이 다가가게 되면서 박씨는 앉을 수 없게 되었다.

박하춘은 3번이나 계속 시도했지만 소용없었고 백성들은 이성계에게 앉아보길 권했다.

이성계가 앉자 두 마리 용은 움직이질 않았다.

이렇게 이성계가 왕이 되고 박하춘은 함경도로 떠나 절에 은둔했다.

이성계는 박하춘을 두려워하여 이 절로 파수꾼을 보내어 명령했다.

"만약 박하춘이 진정으로 절에 귀의하여 머리를 깎았다면 그를 가만 내버려두고, 그렇지 않다면 그를 죽여라."

절에 도착한 파수꾼은 삭발한 박하춘을 발견했다.

이성계는 박하춘이 살아있는 동안 이 절로 매년 쌀 300단(1단은 15말이며 우리 계산으로 1,500 푸드가 된다)을 보냈다.

박하춘이 죽은 후 그의 형상은 성인의 모습으로 그려져 오늘날까지 석한사에 보관되어 있다.

이 절이 누렸던 두 번째 특권은 이 절의 수도승들에게 대적하는 조선인은 누구든 태형에 처할 수 있었던 것이다.

이 절의 수도승들은 오늘에 이르기 까지 가장 무례하고 난폭한 사람들로 그 명성이 높다.

# 수달에 관한 전설
## (만주와 조선왕조의 기원)

함경도 회령지역 오제암 고을에 최씨(귀족장)가 살았다. 그에게는 최씨(최의 딸)라는 젊은 딸이 있었다.

어느 날 잠에서 깨어난 최씨의 딸은 자기 곁에 털이 덥수룩한 짐승이 있는 것을 만지게 되었는데, 이 짐승은 곧바로 기어 달아나버렸다.

딸은 불을 켜보았으나 방안에는 아무도 없었다.

딸이 이 모든 이야기를 부모에게 자세히 하자 오랜 의논 끝에 이렇게 하기로 했다. 만약에 심승이 나시 한 번 찾아온다면, 딸은 잠든 척하면서 그의 발에 긴 명주실을 묶어두기로 말이다.

바로 이렇게 최씨의 딸은 일을 처리하였다.

아침이 되었을 때 실은 최씨를 '한동제두'라 불리는 호수로 이끌었다.

실은 물속으로 늘어져있었는데 아버지가 실을 잡아당기자 수달이 물 위로 떠오르더니 다시 물속으로 들어가서는 더 이상 모습을 보이지 않았고 실은 끊겨버렸다.

10달 후에 최씨의 딸은 남자아이를 낳았는데 살빛이 아주 노래 그를 노라치라 불렀다.

그는 성장하였고 사람들과 어울리는 것을 싫어하더니 장가들어서는 자기 아버지의 호수에 정착하여 살았다. 수달이 바로 그의 아버지였으니까 말이다. 그는 물을 좋아해 자신의 수달 아버지처럼 헤엄을 잘 쳤다.

어느 날 경흥지역 솔보고을 출신인 이씨는 (지금의 만주 왕조의 선조) 꿈을 꾸었는데 수달이 살던 호수에서 용이 하늘로 날아올랐고 이 때 나타난 흰 노인이 그에게 말하였다.

"이건 수달이 죽어 하늘로 올라 간 것이야. 수달의 궁이 있는 호수 아래로 내려가 입구로부터 오른쪽 방에 자기 아버지의 유골을 모시는 자는 중국의 왕이 될 것이고 왼쪽 방에 유골을 모시는 자는 조선의 왕이 될 것이다."

잠에서 깨어난 이씨는 통가마(유골을 파내는 일을 하는 자)와 자기 선친의 유골을 파내어 한동제두로 향했다.

이씨는 헤엄을 칠 줄 몰랐기 때문에 노라치에게 수달의 궁에 자기 아버지의 유골을 모셔놓길 부탁했다. 이때 이씨는 노라치를 속였다.

"모든 것을 자네에기 솔직하게 다 말하도록 하지. 그곳에는 오른쪽과 왼쪽, 두 개의 방이 있다네. 오른쪽 방에 유골을 모시는 자는 조선의 왕이 될 것이고, 왼쪽 방에 유골을 모시는 자는 중국의 왕이 될 것이라네. 자네 아버지의 유골을 왼쪽 방에 두고 내 아버지의 유골을 오른쪽에 모셔주게. 나는 조선의 왕이 되는 것만으로도 충분하네."

이씨는 노라치를 이렇게 속이고 싶었다.

그러나 노라치는 정반대로 일을 처리하였는데, 이씨가 왜 그리 하였는지 묻자 이렇게 말하였다.

"자네의 가문을 위해서는 그리하는 것이 더 좋겠지. 그리고 난 그냥 오른쪽 방이 더 맘에 들었다네."

이씨는 자기 몫을 받아들여야 했고, 노라치에게 두 가문의 영원한 우정을 부탁했다. 노라치는 동의했다.

세월이 흘러 노라치에게 차례차례 아들 셋이 태어났다.

셋째 아들 한은 머리카락이 무성한 무서운 얼굴을 가졌는데, 누구라도 그와 시선이 마주치는 자는 죽음을 맞이해야했다.

이러한 연유로 그는 방에서 절대 나오는 법이 없었고 항상 눈을 감고 앉아있었다.

이씨가 죽은 후 그의 아들은 꿈에 한동제두 근처 우물에 중국 왕의 검이 놓여있는 것을 보았다. 그리고 또 흰 노인이 나타나 그에게 말하였다.

"이 검을 가지는 자가 중국의 왕이다."

잠에서 깬 이씨의 아들은 호수로 향했다. 그곳에서 우물과 그 속에 있는 검을 찾았다.

모두가 한을 중국의 미래의 통치자라 불렀던 만큼 이씨의 아들은 그를 이 검으로 죽이고자 했다.

아버지들의 우정을 이용해 그는 노라치를 찾아와 한과 만나게 해달라고 부탁하기 시작했다. 노라치는 위험하다고 경고하면서 그를 설득하려 했지만 소용없었다. 이씨의 아들은 끈질기게 요구하였고, 그 아버지와의 우정 때문에 끝끼지 거절할 수 없었다. 그러나 이씨의 아들이 한의 방으로 들어갔을 때 한이 눈을 떴다. 비록 눈을 들어 자신을 보지는 않았지만 이씨의 아들은 너무 놀란 나머지 검을 한의 발치에 놓고는 말했다.

"네가 왕이구나. 그리고 이 검은 네 것이다."

노라치는 아들의 방에서 손님을 빼내려고 서둘렀다.

"나는 내 아들을 알아. 빨리 도망치게. 호수에서 꺼내어 온, 한 시간에 천리를 달리는 아들의 말을 자네에게 줄 터이니."

손에 검을 든 한이 방에서 나왔을 때, 이씨의 아들은 이 말에 뛰어 올랐다.

"이 검을 가져온 자는 어디 있어요?" 라고 아들이 물었다.

"그는 떠났다."

"그가 일을 그르치기 전에 쫓아가 죽여야 해요."

한은 자기 말에 앉으려 했지만 그 말로 손님이 도망간 것을 알았다.

"그렇다면 잠시라도 미루어서는 안 되겠군!"

이렇게 모든 만주군과 함께 한은 북경으로 향했다.

한은 북경 출신의 첫 중국 왕이 되었다.

그는 수많은 성을 세웠다. 성을 세우는데 쓰이는 돌을 바다에서 낫호가 가져다 주었는데, 그 유명한 만리장성을 세우는데 쓰였던 돌을 가져다 주었던 바로 그가 낫호이다. 누가 바다에서 돌을 가져다 주냐고 물으면 낫호는 짧은 순간 그의 무서운 머리를 바다에서 불쑥 밀어 내었다.

그럼에도 불구하고 그곳에 있었던 화가들이 그를 그려내었는데, 그때부터 낫호의 머리는 신성한 새 하가(황새)와 함께 성전의 입구를 장식하게 되었다.

# 장백산강강지략
## (長白山江崗志略)

류건봉(劉建封)

# 軟石崖

軟石崖,在白頭、冠冕兩峰之間,俗名南坡口.崖俊而險,沙石軟如面粉.高六裏,寬二裏,坡約八十度.

相傳,國初有人至崖上,聞崖中斧錫聲甚厲,若興土木者.側耳靜聽,聞人言:"明辰大王來此驗工,汝等速修造,否恐受責,汝等未聞北閣誤工,洪十被責之事乎?"衆應聲若雷.心驚疑,念此處絶無人煙,安得匠作? 拾巨石抛池內,聲遂寂,歸言其異,適有鄰人雲:"前數日,高麗木把洪十夢誤修龍宮,見責臂聲疸今始愈,或卽此歟".

## 연석애(軟石崖)

연석애는 백두봉과 관면봉 사이에 있는데, 속명으로 남파구라고도 한다. 절벽은 가파로우면서도 험하고 모래와 돌은 가루처럼 부드럽다. 그 높이는 6리이고 넓이는 2리이다. 그 경사도는 약 80도이다.

전하는데 의하면 청나라초기에 어떤 사람이 낭떠러지에 오게 되었는데 그 아래 골짜기에서 도끼질, 톱질 하는 소리가 요란하게 들려와서 마치도 토목공사를 벌이고 있는듯 했다. 그가 귀를 기울이고 조용히 들으니 누군가 말하기를 ≪래일 아침에 대왕께서 왕림하셔서 공사를 검사하게 되니 너희들은 일손을 다그쳐 해야 한다. 그렇지 않으면 처벌을 받게 된다. 너희들은 북각에서 일을 제대로 하지 못한 탓으로 홍십이 벌 받았다는 소문을 못 들었느냐?≫ 이에 뭇사람들이 대답하는 소리가 우뢰소리 같았다. 이 소리를 들은 그 사람은 속으로 크게 놀랐다. 이 곳에는 전혀 인가가 없는데 웬 토목공사가 벌어지고 있는 것인가. 그가 큰 돌을 들어 천지에 던지니

소리가 사라졌다.

집에 돌아가 사람들에게 그 이상함을 이야기 하였는데 마침 한 이웃 사람이 말하기를 ≪며칠전에 고려사람 목수 홍십이 꿈에 룡궁을 짓는데 불려갔다가 일을 잘못하여 벌을 받았다 하오. 그의 팔에 난 상처에 구더기까지 생겼는데 이제야 다 나았다는구먼. 댁이 말한 일은 아마 그것일 거요≫하였다 한다.

# 仙人島

仙人島,在雞冠巖北,長三裏,寬裏余.

相傳,乾隆初年,朝鮮有一樵者,入硯山采藥,聞牛鳴,仰視一叟騎牛.自黑石河左岸,驅而過.後隨六七人,各負箱籠,爭往白山,似赴市者.心疑之.念近中無此市塵,尾隨以觀其異.無何至汨石坡口,見雞冠巖下,綿亘六七裏,宛然城郭.老幼男女負者、擔者、騎者、乘者、紛至沓來,絡繹不絶.樵夫下坡入市,歷城門,循街衢進.兩邊多板舍,皆空.惟茶園、酒肆、貨店、戲場珍奇羅布,煥若昆侖.其樓臺連亘,朱堂華闕,迥異尋常.忽而雷雨大作,男女各分蔽板舍.少焉天晴,市人擁擠,爭赴西門.樵夫從行二裏許,見城外湖水蕩漾,畫舫漁舟,不下千百.岸旁肆中陳列,多菱角,蓮子,雞頭米,果品不一物,購食之,味淸馥.余納諸懷,喜而登舟.過木心亭,閱臨池閣,憑欄遠眺,水天一色,花雪比鄰,儼然別有天地,未幾,夕陽在山,人影散亂,樵夫下舟登岸,尋古道返 奔坡上至避風石前,坐而少歇,回顧巖前,惟有煙雲繚繞而已.手探懷中,蓮子數枚尙在.歸以示衆,人以爲仙市雲.

## 선인도(仙人島)

선인도는 계관암(鷄冠巖) 북쪽에 있는데 그 길이는 3리이고 넓이는 1리쯤 된다.

전하는데 의하면 건륭초년에 조선의 한 나무군이 연산(硯山)에 약초 캐러 왔다가 소울음소리가 나기에 그 쪽을 바라보니 한 로인이 소를 타고 가는 것이 보였다. 그 로인은 흑석허(黑石河) 왼쪽기슭에서 강을 건너가고 있었다. 그 뒤를 따라 예닐곱 되는 사람들이 각각 상자를 메고 부지런히 백두산쪽으로 가고있었는데 장보러 가는 사람들인듯 했다. 부근에 장터가 없다는 것을 아는 나무군은 이상하다는 생각이 들어 그들을 따라가 보기로 했다. 얼마후 골석파(汨石坡)어귀에 이르러 계관암 아래를 보니 그 길이가 6,7리쯤 되여 보이는 성곽이 완연히 펼쳐져 있었다. 남녀로소를 포함한 많은 사람들이 오가는데 짐을 메고 가는 이가 있는가 하면 들고 가는 사람도 있고 말을 타고 가는 사람이 있는가 하면 수레에 앉아가는 이도 있었다. 모두들 발걸음을 다그치고 있었는데 인파가 끊길줄 몰랐다. 나무꾼은 언덕에서 내려와 시장으로 들어갔다. 성문을 지나고 거리를 걷노라니 길 량켠에는 판자집들이 줄지어있었는데 모두 비여 있었다. 다만 차집, 술집, 잡화점, 극장 등은 많이 보였는데 그 번화한 모습이 마치 큰 도시 같았다. 즐비하게 늘어선 루각들과 궁궐같이 화려한 집들은 그야말로 범상치 않았다. 이때 갑자기 소나기가 쏟아져 사람들은 판자집으로 들어가 비를 피하였다. 잠간 사이에 구름이 개이니 거리는 또 다시 붐비기 시작했는데 사람들은 앞다투어 서대문쪽으로 갔다. 나무꾼도 사람들을 따라 2리쯤 걸으니 성밖에 도착하였는데 그곳에는 물결이 출렁이는 호수가 있었고 물우에는 수많은 유람선들과 어선들이 떠있었다. 호수가에 있는 점포들에서는 마름, 련밥, 가시련밥 등을 벌려 놓았는데 그 종류도 많았다. 나무군이 사서 먹어보니 그 맛이 상큼하고도 향기로웠다. 나머지를 싸서 품속에 넣고 즐거운 기분으로 배에 올랐다. 목심정(木心亭)을 지나 호수가운데 있는 루각에 도착해서 그 란간에 의지하여 멀리 바라보니 물과 하늘이 혼연일색이고 꽃과 백설이 이웃하고 있는것이 보였는데 그야말로 별천지였다. 이윽하여 땅거미가 들자 사람들도 흩어졌다. 나무군은 배에서 내려 다시 왔던 길을 따라 돌아갔다. 언덕에 올라 피풍석(避風石)앞에 앉아서 잠간 쉬였다. 그런데 나무군이 언덕아래를 바라보니 성곽은 가뭇없이 사라지고 구름과 안개만 자욱하였다. 품속에 손을 넣어보니 련밥 몇 개가 여전히 남아있었다.

나무꾼이 집에 돌아와서 자초지종을 얘기하며 그 련밥을 내보이니 모두
들 그것을 신선들이 사는 저자거리라 하였다 한다.

# 洗兒石

洗兒石,在石虎灘下,近臨天池,高七尺余.

相傳,七月七日,有天女抱兒洗於石上.數年前,有韓人在石旁,拾小兒衣一件,領袖如恒,惟無縫,淡黃色,軟如綿,疏如葛.入水不染,入火不燃,有異香,終日不散,知非人間物什,襲藏之,經月余失所在,始終未獲.


## 세아석(洗兒石)

세아석은 석호탄(石虎灘) 아래에 있는데 천지를 가까이 하고 있고 그 높이는 7척을 넘는다.

전하는데 의하면 해마다 칠월 칠석이 되면 선녀가 아이를 안고 와서 이 돌우에서 목욕 시킨다 한다. 몇해전에 한 조선사람이 돌옆에서 아이옷 하나를 얻었다. 그 옷깃과 소매가 모두 이어져 있었고 바느질한 흔적이란 곧 없었다. 옷의 색깔은 옅은 누른 색이고 부드럽기로 비단 같았으며 또한 성글기로 베 같았다. 물에 넣으니 젖지 않았고 불에 태우니 타지 않았다. 옷에서 이상한 향기가 풍겼는데 온종일 그 향기가 가실줄 몰랐다. 범상한 물건이 아님을 알고 깊이 감추어두었다. 그런데 한달쯤 지나서 어디에 두었는지를 잊어서 지금까지 찾아내지 못했다 한다.

# 寶泰洞

寶泰洞,韓人云,數年前,有打貂者甲乙同行走橇(俗驗打貂木曰走橇)誤入大旱河.至雲門下,見門內有異彩觸天,紅光射眼,心疑爲怪.往視之,登門上,光少入,斂於沙中.甲以手掏沙尺余,露出一尖,色如桃紅寶石,心艷之,恨兩邊亂石塞滿,不少動.又無鑱剮,莫可如何.乙焦急,從旁另覓一石擊之,有金聲.重擊數十下.毫無所損.躊躇苦思,計無所出.甲曰:"天將暮,吾二人暫回宿.名早帶鐵具來,必得此物.切勿告人."掩其跡,並堆沙作記歸.次晨,乙喚甲起,持蹶鍬往至沙灘,刨五尺余,始終未見.至今門中尚有遺跡.

## 보태동(寶泰洞)

보태동에 대하여 소선인들가운데서 이런 전설이 전해지고 있다.

몇 해전 수달잡이를 하는 두 사냥꾼 갑과 을이 수달잡이에 쓸 나무를 얻으려 산속에 들어갔다가 길을 잘못 들어 대한하(大旱河)로 들어갔다. 운문(雲門)아래에 이르렀을 때 그 안쪽에서 이상한 빛이 하늘높이 치솟아 오르고 눈부신 붉은 빛이 비쳐오는 것을 발견했다. 이상하다고 생각한 사냥군들은 가까이 다가가 보기로 했다. 한 문에 올라서니 빛이 적어지다가 모래속으로 사라졌다. 사냥군 갑이 손으로 모래를 한자 정도 파헤치니 웬 뾰족한 것이 나왔는데 그 색갈이 마치 붉은 보석 같았다. 가지고 싶었지만 량쪽엔 돌들이 꽉 차 있어서 움직일수 없었고 또 괭이나 삽같은것도 없기에 어쩌는 수가 없었다. 사냥군 을이 조급하여 땅에서 돌 하나를 주어 두드려보니 쇠붙이 소리가 났다. 힘을 주어 크게 수십번 두드려봐도 그대로 있을뿐 조금도 흠이 나지 않았다. 아무리 궁리해 봐도 한참을 궁리해도 그것을 꺼낼 방법이 없었다. 이에 사냥군 갑이 말하기를 ≪날이 곧 저물겠는데 오늘은 이만 돌아갑시다. 래일 쇠붙이 도구를 가지고 오면 이 물건을 얻을수 있을것입니다. 다른 사람에게는 절대로 말하지 맙시다.≫ 그리하여 두 사냥군은 흔적을 없애고 그 물건 우에 모래를 무져놓아 표식으로 삼았다.

이튿날 아침 사냥군 을은 사냥군 갑을 불러 삽과 괭이를 들고 다시 모래 사장으로 들어갔다. 5척 남짓이 파헤쳐도 그 붉은 뾰족한 것이 보이지 않았다. 지금도 운문 안에는 사냥군들이 파헤친 흔적이 남아 있다.

# 木頭峰

木頭峰,西北距天池二十六裏。四圍皆松,惟西北頂上多沙石,樹木不生.
高約三裏余.

土人雲,峰上産鵰三種:曰大雕、曰坐山、曰白尾.余登峰頂,見數鵰.體大
如輪,飛落峰上.但未見其巢耳.

又雲,十數年前, 有一木把朴姓,韓民歸化者,結舍於玉沙河邊.尋棒松(松
類木質,堅勁異常,俗名棒松).至峰下,見一木大可盈把,枝葉皆黑如漆,以斧砍
之,斧折.視木毫無所損.舉手折枝,不少動;采其葉,葉隨如鐵片.驚疑莫可如
何.返持葉示同夥,均以爲怪.次晨,攜鐝偕數人往.樹宛在.輪替刨劚,木倒,體
重異常.二人擡之,沿途休息,至暮始歸.棄置庭中月余,葉不脫落.群呼爲鐵樹.
一日樸語衆曰:"此木如鐵,以火煉之,未知能作鐵具否.試之若何?"衆諾之,爭
燃煤火.俄一僧至,見衆移木,問之.答以化鐵.僧曰:"似此一木,按能成鐵,卽是
鐵能值幾何?汝等徒費力無濟,不如留之,否則售於我."朴喜,按鐵百斤估價,
僧探囊出碎金購之.僧用腰帶系木,負之而去.樸等皆笑其癡.後數年,樸遇僧
於聖水渠畔,見其坐睡於十字界碑之下.喚之醒,問鐵樹存否?僧曰:"明告之,
汝所謂鐵樹者,乃鐵珊瑚。生於山者,爲盤古所栽.環球上僅有五株.予已
獲其二,余者予猶尋之未得耳."朴笑之,歸與人語,衆皆奇之.余於吾鄉丁野鶴
先生之七世孫家,見先生所遺鐵珊瑚樹一株,能辯陽晴,高不盈尺,每用金屑
灌之而後生.若此樹較丁家之樹大十倍,若用金屑,所費倍蓰,宜僧購樹時,囊
中攜碎金多多也.

## 목두봉(木頭峰)

목두봉은 천지의 서북쪽 26리쯤 떨어진 곳에 있다. 주위는 소나무가 울창하다. 다만 서북 봉우리 꼭대기에는 모래와 돌이 많고 초목이 자라지 못한다. 그 높이는 약 3리쯤 된다.

토착민들의 말에 의하면 목두봉에는 세 종류의 독수리가 있는데 각각 대조, 좌산, 백미라 부른다 한다. 봉우리에 올라 독수리 몇마리를 보았는데 체구가 크기를 수레바퀴만 했다. 그런데 독수리의 둥지는 보지 못했다.

수십년전에 조선인 목수 박씨가 옥사하(玉沙河) 기슭에 집을 지었다. 그는 단단한 소나무를 찾으러 갔다가 목두봉아래에서 가지와 잎이 옻칠처럼 검은 나무 한 그루를 발견했다. 그 나무를 도끼로 찍으니 도끼가 부러졌고 가지를 부러뜨리려 하니 꿈쩍도 하지 않았고 잎을 뜯어보니 쇠쪼각처럼 떨어졌다. 박씨가 놀라움을 금치 못해 그 나뭇잎을 가지고 마을로 돌아와 사람들에게 보여주니 모두들 기이하다고 입을 모았다.

이튿날 아침 박씨는 다른 사람들과 함께 톱을 가지고 가보았는데 그 나무가 그 자리에 있었다. 번갈아 가면서 톱질해서 겨우 나무를 쓰러뜨렸는데 이상하게도 무거웠다. 두사람이 간신히 들 수 있었다. 나무를 들고 쉬다가 가고 가다가 쉬면서 해질 무렵에야 마을에 도착했다. 마당에 달포나 두었으나 잎이 떨어지지 않아서 모두들 쇠나무라 불렀다. 어느 하루 박씨가 사람들에게 말하기를 ≪이 나무는 꼭 쇠붙이와 같은데 불로 녹이면 혹시 철제기구를 만들수 있을지도 모르오. 그러니 한번 시험해 보는것이 어떻겠소≫ 모두들 찬성하면서 불을 지폈다. 이때 웬 중이 와서 사람들이 나무를 움직이고 있는것을 보고 무엇을 하는가고 물었다. 마을사람들이 나무를 녹여서 철제기구를 만들려 한다고 하니 그 중이 말하기를 ≪이런 나무 한그루로 쇠를 어찌 만들어 낼수 있겠습니까? 설사 쇠를 만들어낸다 해도 몇푼이나 가겠습니까? 헛되이 힘을 허비하지 말고 나무를 그대로 두든가 아니면 저한테 파십시오.≫박씨는 크게 기뻐하며 무쇠 백근 값어치만큼 돈을 치루라고 했다. 중은 주머니에서 금부스러기를 꺼내주고 그 나무를 허리띠로 묶어 짊어지고 갔다. 박씨 등은 중을 어리석다고 웃었다.

몇 해뒤 박씨는 그 중을 성수구(聖水氣)기슭에서 또 만나게 되였다. 박씨는 비석아래에서 졸고 있는 중을 깨워 그 나무에 대해 물었다. 중이 말하기를 ≪명백히 말씀드리지만 그대들이 쇠나무라 하는 그 나무는 기실은 철산호(鐵珊瑚)입니다. 산에서 자란 것은 바로 반고씨가 심은 것입니다. 이 세상에 다섯 그루밖에 없는 보물입니다. 내가 이미 두 그루를 얻었습니다. 그런데 나머지 세 그루는 오래동안 찾았지만 아직도 찾아내지 못했습니다.≫ 박씨는 중을 비웃었다. 박씨가 마을에 돌아와 사람들에게 그것을 이야기하니 모두들 신기하게 여겼다.

정야학선생의 7대손 집에 선생이 물려주었다는 철산호 한 그루가 있는데 날씨의 개임과 흐림을 알아맞출수 있으며 크기가 한자도 못 되지만 금부스러기를 뿌려주어야 산다 한다. 박씨가 발견한 철산호가 정씨집 나무에 비하면 열배나 더 크기에 중이 그 나무를 사간뒤 되살려내는데는 몇배의 금부스러기가 필요했을것이나. 그러니 중의 주머니에는 금부스러기가 매우 많았을 것이다.

# 迷人甸

迷人甸,在木石河北岸.甸産松.雨雪後,人不易行.

土人云,數年前,有韓人七名迷入甸中.適遇大雪,均凍死甸內.後有入山者 至甸,見有七人骨骸,半埋雪中,遂用土埋之.蓋銅碗在旁,始知爲韓人.

## 미인전(迷人甸)

미인전은 목석하(木石河) 서북쪽 기슭에 위치해 있다. 거기에는 소나무가 많이 자라며 비나 눈이 오면 다니기 불편하다.

당지 사람들의 말에 의하면 몇해전 조선사람 7명이 길을 잃고 미인전에 들어오게 되었는데 공교롭게도 큰 눈이 내려 전부 얼어죽었다 한다. 후에 사람들이 미인전에 갔다가 일곱명의 해골이 반쯤이나마 눈에 묻혀있는것을 발견하고 흙으로 묻어주었다 한다. 그 주검옆에 놋그릇이 있었기에 그들이 조선인이라는 것을 알게 되었다 한다.

# 仙人橋

仙人橋,在梯子河下遊東偏北,距長白山五十裏.橋橫三尺,非木、非石.橋下多石洞,産石漬.

土人云,百余年來曾未聞有修造此橋者,而堅固異常,令人不解,故呼爲仙人橋.

又云,竹木裏有歸化之韓民金氏.姑老子幼,家甚貧,朝不謀夕.一日姑患目,不能視.聞天池水可以療目,遂戴盎往(韓人取水將水具戴於頂上).中途未遇一人.至橋頭,日將暮,倚松少息.適見老嫗攜一少女及一婢,頭戴水瓶自東來渡此橋.金氏斂衽與嫗語,詢自何來?嫗曰:"適從天池取水回家過此."金氏歷敘爲姑取水全此.嫗令婢將柢持贈,告之曰:"歸奉爾姑,汝速返,勿少留!到處虎狼未易防也."囑婢引路,覺身輕一葉,兩鐘許已抵裏門.計程九十裏.心驚疑,顧婢不見.入室,奉姑洗目數次,視物如恒.人皆謂孝心所感雲.

# 선인교

선인교는 제자하(梯子河) 하류의 동북켠에 위치해 있는데 장백산과 오십리쯤 떨어져있다. 다리 길이는 3자가량 되는데 나무로 된것도 아니고 돌로 된것도 아니다. 다리아래에는 석굴이 많고 부스럭 돌이 많이 난다.

당지 사람들은 백년동안 살아오면서 누가 이 다리를 만들었는지도 모르고 또 다리가 아주 단단하지만 그 영문을 알수 없기에 선인교라 부른다 한다.

또 전하는데 의하면 죽목리(竹木里)에 조선사람 김씨가 살고 있었는데 년로한 시어머니와 어린 아이들을 데리고 힘들게 지냈다. 집형편이 매우 어려워 아침을 해결하면 저녁이 근심되였다. 어느 하루 시어머니가 눈병이 나서 눈이 보이지 않는다 했다. 김씨는 천지 물로 눈병을 치료할수 있다는 말을 듣고 물동이를 이고 천지 물을 길으러 떠났다. 도중에 행인 한사람도 만나지 못했다. 해질 무렵에 다리앞에 이르러 소나무에 기대여 잠간 쉬러 했다. 이때 웬 할머니가 한 소녀와 물동이를 인 시녀를 데리고 동쪽으로부터 다리를 건너왔다. 김씨는 옷깃을 여미고 공손히 어데서 오는 길인가고 물었다. 할머니는 천지에 가서 물을 길어가지고 집으로 돌아가는 길이라고 했다. 김씨는 자기가 시어머니를 위해 천지물을 길으려 여기까지 오게 된 사연을 이야기했다. 할머니는 시녀더러 물동이를 김씨에게 넘겨주라고 하면서 말하기를 ≪돌아가 시어머니 병환을 잘 치료해 드리게. 조금도 지체하지 말고 어서 떠나게. 도처에 호랑이와 늑대들이 있으니 위험하오.≫ 할머니는 시녀에게 길을 인도해주도록 명하였다. 김씨가 시녀를 따라서자 몸이 나뭇잎처럼 가벼워지는것 같더니 두시간쯤 지나니 어느덧 집 앞에 와 있었다. 90리나 되는 길을 한순간에 온 셈이였다. 너무 놀라워서 둘러보니 시녀는 보이지 않았다. 집으로 들어가서 천지 물로 시어머니의 눈을 몇번 씻어드리니 금방 앞을 볼수 있게 되였다. 사람들은 이 모두가 김씨의 효성이 하늘을 감동시킨 결과라 했다.

# 七星湖

　　七星湖,在小白,葡萄兩山之間,突出湖水,大小不一,列如北鬥,故名之.韓人名爲"三池",土人名爲"三汲泡",均就湖之大者言之.湖中水不外溢,其東南一湖最大,周約十余里,底多海浮石,深不可測.四圍皆松,中間特起平甸,周約裏余,如龜形.松生其上，名曰"松洲".長白山東南一隅,湖山名勝,以此爲最.余者周有三四里及里余不等,相距甚近.歷視之,湖形有荷蓋,菱角,葫蘆,桃葉各狀.水淺處,見有水紅花生焉.

　　土人雲,湖水與天池相通.數年前有獵者數人,聞水聲自長白山奔流而來，入於湖中，不見其跡.蓋伏流線也.但數年不一聞耳.

　　族兄錫巖有一佃戶賈喜,粗識字,面如書生.相者驗其胸,有黑痔能貴.幼善飲,醉卽謾罵.鄉人惡之,父兄逐出之關外.聞中表許某在娘娘庫業獵,往就之.未遇,無所投止,流落小白山南,與韓人伍.以砍木爲生.稍通韓語.韓人固有多飲者,時至午節,喜邀友四人,赴聖人廟前痛飲.大醉,返至七星湖畔.五人歇臥岸上.忽有護衛隊數名，肩輿一乘前來。一人向喜曰:"八大王請賈額駙晉宮."喜驚懼登輿.行十里許,遙見宮闕輪奐,若王者居,兩邊觀者如堵.未幾,鼓吹喧天,炮聲震耳.一人曰:"八大王至矣,請額駙行接見禮."喜下輿立側.王見喜大悅,行報見禮,如舊相識.二人握手入殿.設酒筵,拂坐,安懷珍錯,羅稱桌上,多不識名.酒數巡,王謂喜曰:"孤有一妹,年已及笄,姻聯秦晉若何?"喜驚起謝曰:'小人瑯邪一酒徒耳.漂流遼左,每日兩餐不飽,烏能俯蓄?況家隔四千余裏,往返不易,恐累大王."王笑曰:"何須遠慮若此?"命仆婢,扶喜入內閣.無何,簫韶大作,燈采輝煌.俄有數媼擁一麗人至.環佩丁當,淩波淺細,蘭麝余香.仆入腦髓.迨漏下三更,樂寂人稀,喜就與語.麗人笑語曰:"我松蘿郡主也,吾兄大王相攸數年,才貌未有如君者,故字之."喜喜閨房之樂,甚於畫眉.次晨,宮中大開燕宴,喜念四友,亦可招飲,令宮(往)[仆]持柬往,霎時,四人入見，喜叩謝.命往偏殿,作顧問客.忽一日,飛報天池聖母壽辰.八大王扈從多人先行,兩鐘余,有一閽者入,宣旨召額駙郡主,同入朝祝嘏赴宴.喜與郡主並肩坐馬車,從者百余人,往至殿前跪謁.聖母賜坐設筵,夫婦同席居未座,見殿前後數十筵.喜問列坐者誰？ 從者俯耳側語:"首坐黑叟爲黑水大王,俗稱禿尾老李,卽此人也.次鴨頭親王,次土門郡王,次錦江將軍.殿前對坐者,一南海大士,一白水眞人,余系龍灣七十二大王.中間虛設數座,聞海若、河伯、湘妃、洛神尙未到.倚聖母側者,左爲松花福晉,右爲圓池神女."少焉,樂作,爲近世所無.郡主問:"此廣陵散,下界人不得聞也."酒酣繼燭,群呼"萬壽!"聖母悅,召喜前諭以朕神女配汝."命宮女取筆書"三皇五帝"四字.喜素不能吟,窘甚汗出.衆皆暗笑.但此時喜已醉,思"三"字、"五字"系數目字,當以數目字對,遂援筆寫七爛八糟.聖母大怒,喝曰:"此子太不文,君前狂言無禮,犯大不敬律罪,當斬.八大王袓親誤國,交水部嚴加議處."衆大王免冠叩頭,奏曰:"萬壽擬罪不祥,查新律,犯上有據,充極邊軍."聖母色稍霽,命武士數人,捉發拖足,解喜出邊.醒臥朝鮮界將軍峰下,腿痛不能步,匍匐歸.至半途,見四人斜臥草旬中,呼之起,相顧皆驚,四人曰:"八大王回宮盛怒,將吾輩驅逐境外,幸郡主乞情,得免杖責耳."喜笑曰:"莫非夢也?否則胡爲至此也?"同歸返.故廬不見.景物全非.往尋舊鄰,鄰人見而駭曰:"聞爾五人醉溺七星湖中，今十年矣.尙遊戲人間耶?"喜同四人歷言所遇,人皆以神仙目之.

# 칠성호

칠성호는 소백산(小白山)과 포도산(葡萄山) 사이에 있는데 호수물이 유표하게 보인다. 크고작은 호수들이 북두칠성처럼 분포되여있기에 칠성호라 불리게 되였다. 조선인들은 "삼지"라 부르고 또 토착민들은 "삼급포"라고도 하는데 모두 큰 호수들만을 가리키는 것이다. 칠성호의 물은 밖으로 흘러나오는것이 없으며 그중 제일 큰 호수를 말할라치면 동남에 위치해 있는 호수가 가장 큰바 그 둘레길이는 십여리 되고 밑에는 부석이 많은

데 그 깊이는 짐작할 수 없을 만큼 깊다. 호수의 사면은 소나무로 둘러
싸였고 가운데는 작은 섬이 있는데 둘레길이는 1리쯤 되며 그 모양은 거북
처럼 생겼다. 섬에 소나무가 자라고 있어 그 이름을 "송주(松洲)"라 부른
다. 장백산 동남쪽에서 호수와 산으로 이름난 명승지로는 이 곳이 으뜸이
다. 위치해있는 이 호수는 물이면 물, 산이면 산 그야말로 명승지로 손꼽을
수 있다. 나머지 호수들은 둘레길이가 3~4리 되는 것도 있고 1리 남짓한
것도 있으며 서로 가까이 있다. 둘러보면 호수들은 그 모양이 각각 련잎,
마름, 조롱박, 복숭아나무잎 등 여러 가지 형태로 되였다. 물이 얕은 곳에
서는 수홍화(水紅花)가 자라고 있다.

토착민들에 의하면 칠성호가 천지까지 통한다 한다. 몇 해전 사냥군 몇
사람이 장백산으로부터 물 흐르는 소리가 칠성호까지 전해오는 것을 듣게
되였는데 호수에 접어들면서는 소리가 사라졌다 한다. 기실 이는 지하에
서 흐르는 암류가 내는 소리인 것이다. 그런데 그 흐름소리를 듣지 못한지
여러해 되였다 한다.

한 동네에 가희(賈喜)라는 농부가 살고 있었는데 글은 조금밖에 몰랐으
나 얼굴이 선비처럼 생겼다. 점쟁이들이 그의 가슴에 검은 짐이 있는 것을
보고 귀하게 될 조짐이라 했다. 그는 어려서부터 술 마시기를 즐겼고 취하
면 욕을 퍼부어댔다. 그리하여 마을사람들로부터 미움을 사게 되어 부형
이 그를 산해관 밖으로 쫓아냈다. 외사촌형인 허모가 랑랑고(娘娘庫)에서
사냥을 하면서 살아간다는 소문을 듣고 찾아갔으나 만나지 못했다. 의지
할 곳이 없게된 그는 소백산남쪽에서 방랑생할을 하면서 조선인들과 함께
어울려 나무를 채벌하는 일로 살아갔다. 그는 조선말을 꽤나 잘 할수 있게
되었다. 조선인들가운데도 역시 술을 좋아하는 사람들이 많았다. 단오명절
이 되자 가희는 친구 네사람을 불러서 함께 성인묘(聖人廟)에 가서 술을
기껏 마시고 크게 취하였다. 그들은 돌아오는 길에 칠성호기슭까지 와서
누워서 쉬였다.

이때 갑자기 궁궐을 지키는 호위병인듯한 몇사람이 가마를 메고 찾아왔다. 그중 한사람이 가회에게 말하기를 ≪여덟째 대왕께서 가부마님을 모셔오라 하셨습니다.≫라고 아뢰었다. 가회는 놀랍고도 두려워하면서 가마에 올랐다. 10리쯤 가니 우뚝 솟은 궁궐이 보이는데 거기에는 왕으로 짐작되는 사람이 있었고 그 량켠에는 구경군들이 빼곡히 늘어서있었다. 이윽고 북소리와 나팔소리가 하늘땅을 진감하고 대포소리가 크게 울리였다. 이때 한 사람이 큰 소리로 ≪여덟째 대왕께서 오셨으니 가부마님께서는 인사를 올리십시오.≫라고 웨쳤다. 가회는 가마에서 내려 한켠에 비켜섰다. 왕은 가회를 보더니 기뻐하면서 그를 그러안아 주었다. 마치도 오랜 친구를 반가이 맞아주는 것 같았다. 두 사람은 서로 손을 잡고 궁궐로 들어갔다. 술상을 차리고 좌석에 앉으니 여러 가지 술과 음식들을 올리는데 그 대부분이 종래로 보지못했던 것들이였다. 술 몇순배가 돌자 왕이 말하기를 ≪나에게 누이가 하나 있는데 이제 시집갈 나이가 되였으니 그대와 인연을 맺는것이 어떠한가?≫라고 물었다. 가회는 황급히 일어나 사절했다.

≪소인은 산동지역의 한 주정뱅이에 불과합니다. 산해관 밖에서 방랑생활을 하면서 끼니를 에우기조차 힘든 형편인데 어찌 부마로 될 수 있겠습니까? 하물며 이 곳과 저의 집이 4천리도 넘게 떨어져있기에 오가는 것도 불편하오니 대왕께 루를 끼칠가봐 두렵나이다.≫왕은 웃으면서 ≪어찌 그토록 근심이 많은가.≫하면서 비복들을 시켜 가회를 부축하여 안방으로 모시게 했다. 방에는 아무도 없었는데 피리소리만 크게 들려오고 불빛이 휘황찬란했다. 이윽고 몇 명의 시녀들이 한 미인을 옹위하여 들어왔다. 옥패 소리를 은은히 내면서 사뿐사뿐 걷는 걸음걸이가 선녀 같았고 그윽한 향기가 머릿속까지 파고 들었다. 삼경이 지나자 음악도 끊기고 조용해졌다. 가회는 미인과 이야기를 나누었다. 미인이 웃으면서 말하기를 ≪저는 송라 공주입니다. 저의 오라버니인 대왕님께서 수년간 저의 신랑감을 찾

아봤지만 님처럼 멋진 사람을 못만났었습니다. 그러기에 오늘에야 님에게 시집가게 된겁니다≫라고 하였다. 가희는 첫날밤을 치루는 즐거움으로 하여 까무라칠 지경이였다.

이튿날 아침 궁중에는 큰 연회가 열렸다. 가희는 함께 술을 마셨던 네 친구가 그리워 그들을 불러오고 싶어 했다. 궁중에서는 하인을 시켜 청첩장을 가지고 찾아가 모셔오게 했다. 잠시 후 네 친구가 궁중에 도착했고 가희는 대왕에게 절하며 감사의 인사를 드렸다. 대왕은 네사람을 편전에 거처하게 하고 귀한 손님으로 잘 대접하게 했다. 그러던 어느 날 천지성모의 생신잔치에 참석하라는 전갈이 왔다. 여덟째 대왕은 부하들을 데리고 먼저 떠나 갔다. 얼마 지나서 내시가 들어와서 대왕의 명을 전하는데 부마와 공주도 함께 생신잔치에 참석하러 오라는 것이였다. 가희는 공주와 함께 마차를 타고 가는데 시종 백여명이 뒤를 따랐다. 천지성모의 궁궐에 이르러 무릎을 꿇고 질하니 성모가 자리를 징해주었는데 부부 동석으로 말석에 앉게 되였다. 궁궐안에는 앞뒤로 수십개의 움식상이 놓여져 있었다. 가희가 저 좌석에 앉아계시는 분들이 누구들인가고 물으니 시종이 조심스레 귓속말로 대답하기를 ≪첫 자리에 앉아계시는 얼굴이 검은 늙은이는 흑수(黑水)대왕으로 일명 꼬리 없는 리씨라 불리는 이가 바로 저분입니다. 그 다음 분은 압두(鴨頭)친왕이고 세 번째 분은 토문(土門)군왕이며 네 번째 분은 금강(錦江)장군입니다. 대전앞에 마주 앉은 분들가운데서 한분은 남해(南海)대사이고 다른 한분은 백수(白水)진인이며 나머지 분들은 룡만(龍灣) 72대왕들입니다. 가운데의 몇몇 빈 좌석은 해약(海若), 하백(河伯), 상비(湘妃), 락신(洛神) 등의 자리인데 아직 도착하지 않았다 합니다. 성모 량켠을 보면 그 왼쪽에 있는 분은 송화(松花)부인이고 오른쪽에 있는 분은 원지(圓池)신녀입니다.≫라고 대답하였다. 조금 지나서 음악이 연주되였는데 인간세상에는 없는 곡조였다. 공주가 말하기를 ≪이 음악은 <광릉산(廣陵散)>이라는 곡조입니다. 인간세상 사람들은 들을 기회가 없지요.≫라고 하였다. 술이 거나하게 되었을때 초불을 밝히고 모두들 만수무강을 웨쳤다. 성모는 크게 기뻐서 가희를 불러 말하기를 ≪듣자니 자네의 재주가 뛰여나다는데 짐이 어려운 글귀 하나를 낼테니 그 글귀에 맞추어 글귀를 지어보게. 잘 맞추면 짐이 데리고 있는 선녀를 배필로 내주 겠네.≫ 성모는 궁녀더러 필묵을 가져오게 해서 ≪삼황오제(三皇五帝)≫ 네 글자를 썼다. 가희는 워낙 글귀 지을줄 잘 몰랐기에 식은 땀을 흘렸다. 모두들 몰래 비웃는듯 했다. 가희는 취김에 ≪삼≫과 ≪오≫는 수자이기에 수자는 수자로 맞추어야 한다고 생각하고 필을 들어 ≪칠란팔조(七爛八 糟)≫네 글자를 썼다. 성모가 대노하여 큰소리로 꾸짖기를 ≪이 자는 너무 도 무식하고 무례하여 임금앞에서 함부로 지껄여대여 불경의 죄를 지었으 니 응당 목을 잘라야 하니라. 여덟째 대왕은 친척을 비호하느라 나라 일을 그르쳤으니 수부(水部)에 맡겨 엄하게 다스리도록 하라≫라고 명하였다. 대왕들은 관을 벗고 절을 하면서 아뢰기를 ≪만수무강을 축원하는 생신날 에 중한 벌을 내리시면 불길하오니 새 법에 따라 변방에 보내여 수자리를 살게 함이 지당한줄로 아나이다≫라고 아뢰었다. 성모는 그러함이 좋은듯 기색을 바꾸고 무사들에게 명하여 가희를 끌어내여 변방에 내치도록 하였 다. 무사들에게 상투를 잡히고 팔다리를 잡혀 끌려나온 가희는 정신이 아 득했다.

가희가 혼미상태에서 깨여나보니 장군봉아래에 누워있었다. 다리가 너 무 아파서 걸을 수 없어서 겨우 기여서 돌아오려 했다. 반쯤 왔을 때 풀숲 에 비스듬히 누워있는 네 친구를 발견했다. 가희가 그들을 부르니 네사람 이 일어났다. 그들은 서로 쳐다 보면서 놀라움을 금치 못했다. 네 친구가 말하기를 ≪여덟째 대왕께서는 왕궁으로 돌아간뒤 우리들을 내쫓았는데 다행히도 공주께서 사정을 봐주어서 매를 면했다.≫라고 했다. 가희는 웃 으면서 ≪이 혹시 꿈이 아닐까. 아니라면 어떻게 여기까지 와 있을까.≫라 고 말했다. 그들은 집을 찾아 돌아왔다. 그런데 옛집들은 보이지 않았고 마을 모습은 예전과 전혀 달랐다. 이웃을 찾아가니 사람들이 그들을 보고 놀라서 하는 말이 ≪자네 다섯 사람이 술에 취하여 칠성호에 빠진지도 이미 십년이 되였네. 그런데 아직도 이 세상에 살아 있다나니….≫라고 놀라워했다. 가희네 일행이 그동안에 있었던 일을 이야기하니 사람들은 그들을 신선으로 여겼다.

# 敖山

敖山,南距七星湖二十里,山頂多紅石,東南有一古洞,至今宛然.山高里余.
相傳,秦人盧敖遁跡洞中,故名爲盧敖洞.

土人雲,前有韓人朴不完,夏日月夜過山下,忽見洞門大辟,光明如白晝.趨
視洞口,深不可測.石玲瓏,狀如水晶.倏而,潑剌一聲,一赤烏自洞中飛出.嘎然
長鳴,直沖山上.少焉,飛還入洞不見.朴念此鳥非凡可捕,遂放步直入.行二十
余里,洞如故;又十余里,仍如故.興盡思返,俄聞笑語聲,微不能辯.再入裏許,
見石室數間,矮小異常.上有無數赤烏飛落檐前.仍就捕之.適有二人從室中
出.形容古怪,衣履甚朴,軀長不滿三尺,見朴逃避.朴尾追之.二人拱而立,朴
曰:"汝等何爲者?"答曰:"鑿地球者."朴曰:"誰使之?"答曰:"奉地皇氏命令鑿
穿地球,以資修理."朴曰:"地球能鑿穿乎?"答曰:"現已鑿穿矣."朴曰:"年代幾
何?"答曰:"計八千年."朴曰:"工人若幹?"答曰:"計億萬工人."朴曰:"如何鑿
法?"答曰:"按五行生克鑿之."朴曰:"地厚若何?"答曰:"天如許高,地如許厚,
取直線計,九萬萬里有奇."朴曰:"地震爲何?"答曰:"天公球戲."朴曰:"地裂山
崩,海笑爲何?"答曰:"地中有風火水,工師興工時,誤觸風則放風,放風卽地
裂;誤觸火則放火,放火卽山崩;誤觸水則放水,放水卽海笑.此理之常也,又何
疑焉?"朴欲再問,忽而雷電交加,風雨大作.二人曰:"驗工球神至矣.請速避,
遲則生禍."朴懼奔返,汗流浹背.甫出洞口,回顧白雲封固,毫無奇異.歸途月
影依稀,幸未失路.逢人輒道,衆皆異之.


## 오산(敖山)

오산은 칠성호에서 남쪽으로 20리쯤 떨어져있는데 산꼭대기에는 붉은
돌이 많다. 동남쪽에는 오래된 동굴 하나가 있는데 지금도 똑똑히 볼 수

있다. 산 높이는 1리쯤 된다.

전하는데 의하면 진(秦)나라 사람 로오(盧敖)가 오산에 도망쳐 와서 동굴에 살았다. 그리하여 그 동굴을 로오동이라 부르기도 한다.

전하는데 따르면 박불완이라는 조선인이 있었는데 한 여름날 달밤에 오산을 지나게 되였다. 그는 산에 있는 동굴에서 환한 빛이 뿜겨져 나와 대낮같이 밝은 것을 발견했다. 동굴어구에 가보니 그 깊이를 짐작할 수 없었다. 안을 들여다보니 아름다운 돌들이 가득했는데 그모양이 수정과 같았다. 갑자기 푸르륵 하는 소리와 함께 붉은 까마귀 한 마리가 굴속으로부터 날아 나왔다. 까마귀는 긴 울음소리를 내고는 곧추 산꼭대기로 날아갔다. 조금 지나서 까마귀는 다시 동굴속으로 날아들어가더니 자취를 감추었다. 박씨는 이 새가 범상한 새가 아님을 알고 새를 잡으러 굴속으로 들어갔다. 20리쯤 들어갔으나 동굴의 끝이 보이지 않았고 또 십리쯤 들어갔으나 역시 끝이 아니었다. 박씨가 멋적이 돌아서려 할 때 어디선기 웃음소리가 들려왔는데 그 소리가 미약해서 들릴락 말락 하는 정도였다. 다시 1리쯤 더 들어가보니 돌로 된 방이 몇 개 있었는데 이상하게도 아주 작았다. 그 석실의 처마밑에는 수많은 붉은 까마귀들이 앉아있었다. 박씨가 새를 잡아도 새들은 가만히 있었다. 이때 석실로부터 두 사람이 나왔다. 그 모양이 기괴하게 생겼고 옷차림은 소박하였으며 키는 3자도 못되였다. 그들은 박씨를 보고 놀라서 달아났다. 박씨가 뒤쫓아 가자 두사람은 공손한 자세로 멈춰섰다. 박씨가 묻기를 ≪그대들은 뭘 하는 사람들이오?≫라고 물으니 그들은 ≪땅을 뚫는 일을 하는 사람들입니다.≫라고 대답했다. 박씨가 또 ≪누구의 명으로 하는것이오?≫라고 물으니 두사람이 대답하기를 ≪지황씨(地皇氏)의 명에 따라 땅을 뚫고 또 그것을 수선합니다.≫라고 대답했다. 박씨가 또 묻기를 ≪땅을 다 뚫을 수 있는 것이오?≫라고 물으니 두사람이 대답하기를 ≪이미 다 뚫었습니다.≫라고 대답했다. 박씨가 또 묻기를 ≪얼마동안 뚫은 것이오?≫라고 물으니 두사람이 대답하기를

≪8천년이 걸렸습니다.≫라고 대답했다. 박씨가 또 묻기를 ≪일군은 얼마나 동원했소?≫라고 물으니 두사람이 대답하기를 ≪억만명이 동원되었습니다.≫라고 대답했다. 박씨가 또 묻기를 ≪어떻게 뚫은 것이오?≫라고 물으니 두사람이 대답하기를 ≪오행(五行)의 생극(生剋)하는 원리에 따라 뚫었습니다.≫라고 대답했다. 박씨가 또 묻기를 ≪땅의 두께는 얼마나 되오?≫라고 물으니 두사람이 대답하기를 ≪하늘이 얼마인큼 두터우면 땅도 얼마만큼 두터운 것이니 곧추 재여서 그 두께가 9만만리쯤 됩니다.≫라고 대답했다. 박씨가 또 ≪지진은 왜 일어나게 되오?≫라고 물으니 두사람이 대답하기를 ≪그것은 하느님이 공을 가지고 놀기 때문입니다.≫라고 대답했다. 박씨가 또 ≪땅이 갈라지고 산이 무너지는 것은 무엇때문이며 해일이 이는 것은 또 무엇때문이오?≫라고 물으니 두사람이 대답하기를 ≪땅속에는 바람, 불, 물 등이 있습니다. 그런데 일하는 사람들이 바람을 잘못 건드려 놓으면 바람이 나오게 되는데 그러면 땅이 갈라지게 되지요. 또 불을 잘못 건드리면 불이 나오게 되는데 그러면 산이 무너지게 됩니다. 그리고 물을 잘못 건드리면 물이 쏟아져 나오는데 그러면 해일이 일게 됩니다. 이런 것들은 다 일반적인 상식인데 어찌 모릅니까?≫라고 하였다. 박씨가 또 물으려는데 갑자기 번개가 번쩍이고 우레가 울면서 비바람이 쏟아졌다. 두 사람이 말하기를 ≪공사를 감독하는 구신(球神)께서 도착했습니다. 어서 피하지 않으면 화를 당하게 됩니다.≫라고 하였다. 박씨는 무서워서 걸음아 날 살려라 하고 줄행랑을 놓았다. 등에는 땀이 흠뻑해졌다. 동굴을 나서서 되돌아 보니 흰 구름이 동굴어구를 막고 있을뿐 별다른 이상은 없었다. 돌아오는 길에 교교한 달빛은 여전하였고 다행히도 길을 잃지 않았다.

　돌아온뒤 사람들에게 자기가 겪은 일을 이야기했더니 모두들 놀라움을 금치 못했다.

# 葡萄山

葡萄山,一名蒲潭山.西北距長白山百五十里.日人名爲大角峰,韓人名爲南胞胎、北胞胎,以兩山連故也.南胞胎,山水西南流爲胞胎河,南溪水、北溪水.三水合流曰:劍川江.此鴨綠江之南源也.北胞胎,山水東流爲紅丹河、糾雲河、半橋水.三水會於大浪河.此圖們江之南源也。山形如葡萄,環長白山左右,重巒疊嶂,畢極雄厚,而未有如葡萄山之高且大者.計峰有七:曰筆架、曰晚霞、曰仙掌、曰蠶頭,是爲南葡萄之四峰;曰馬耳、曰朝陽、曰臥象,是爲北葡萄之三峰.高約二十六里,周約九十里.

相傳,中韓界碑立於北葡萄山卜.光緒初年,人猶見之.後被韓人搩毁,而今亡矣.

韓人雲,黃昏後,每見有一火球大如輪,自長白山飛入小白山.旋入葡萄山.約兩鐘余,仍尋古道返,倏忽不見。或謂龍,或謂虎,或謂仙,或謂氣,均不足據.

## 포도산(葡萄山)

포도산은 일명 포담산(蒲潭山)이라고도 하는데 장백산 서북쪽에서 백오십리쯤 떨어진 곳에 있다. 이 산을 일본인들은 대각봉이라 부르고 조선인들은 남포태(南胞胎)、북포태(北胞胎)라 부르는바 두 산이 서로 이어져 있기 때문이다.

남포태에서 흐르는 물은 서남쪽으로 흘러서 포태하(胞胎河), 남계수(南溪水), 북계수(北溪水)를 형성하고 이 세 강이 합류되어 검천강(劍川江)을 이룬다. 이는 압록강의 남쪽발원지로 된다. 북포태에서는 물이 동쪽으로 흘러서 홍단하(紅丹河), 규운하(糾雲河), 반교수(半橋水) 등을 형성하고 이 셋이 대랑하(大浪河)에서 합류된다. 이는 도문강의 남쪽 발원지로 된다.

포도산은 그 모양이 포도같이 생겼고 장백산 좌우 량켠을 둘러싸고 있으며 그 산봉우리들은 기복이 심하고 험준하다. 주변에 포도산처럼 높고 큰 산은 없다. 포도산에는 모두 일곱 개의 봉우리가 있다. 그중 남포도산에는 4개의 봉우리가 있는데 각각 필가(筆架), 만하(晩霞), 선장(仙掌), 잠두(蠶頭)라 부르고 북포도산에 3개의 봉우리가 있는데 각각 마이(馬耳), 조양(朝陽), 와상(臥象) 등이라 부른다. 포도산의 일곱 봉우리는 그 높이가 약 26리 되고 둘레는 90리 쯤 된다.

전하는데 의하면 북포도산 아래에는 중국과 조선의 경계를 표시하는 비석이 있었다 한다. 광서(光緖)초년까지도 볼 수 있었는데 후에 조선인들이 비석을 감추어 버렸기에 지금은 볼 수 없다고 한다.

조선인들이 전하는데 의하면 늘 날이 저문뒤 수레바퀴만큼 큰 불덩이 하나가 장백산에서 소백산으로 날아와 빙빙 돌면서 포도산으로 들어갔다가 두시간쯤 지난뒤 다시 오던 길을 따라 돌아가다가 갑자기 사라졌다고 한다.

그것을 룡이라는 사람도 있고 호랑이라는 사람도 있으며 또 그것을 신선이라 하는 사람도 있고 또 일종의 기운이라 하는 사람도 있지만 모두 근거가 부족하다.

# 將軍峰

將軍峰,一名天山,在葡萄山南偏西，朝鮮界內.峰頂平而圓,四圍皆石,嵯峨陡險,狀如盔式.人不易登,亦韓國之名山也。高五里余.

相傳,峰上舊有箭臺.唐薛仁貴東征至此,而高麗平,因築臺於其上.按軍中歌曰:"將軍三箭定天山".或卽此歟？ 否則韓人至今猶呼爲薛將軍峰.春秋致祭,果何爲者？

## 장군봉(將軍峰)

장군봉은 일명 전산이라고도 하는데 포노산 서남쪽에 위치해있고 조선쪽에 있다. 봉우리 정상은 평평하고 둥글게 되었고 온통 바위로 뒤덮여있다. 산세가 험준하고 그 모양이 투구 처럼 생겼다. 산에 오르기 어렵다. 이 산은 조선의 명산으로 유명하다. 그 높이는 약 5리쯤 된다.

전하는데 의하면 산꼭대기에는 전대(箭臺)가 있는데 당나라 장수 설인귀(薛仁貴)가 동쪽을 정벌할때 여기까지 이르렀고 고구려가 평정된뒤 산우에 축대를 만들었다 한다. 군가(軍歌)에 이르기를 ≪장군이 화살 세 개로 천산을 평정했어라≫ 했다 하는데 이를 가리키는 듯 하다. 그게 아니라면 조선인들이 지금도 이 산봉우리를 설장군봉이라 부르고 봄가을에 제사를 지내는것은 과연 무엇때문이겠는가?

# 分水嶺

分水嶺,北距七星湖四里余.前有中韓十字界碑立於嶺中。

土人云,界碑形式與葡萄山下之碑無異,較穆石高尺余.後被韓人私毀,改修天王堂、聖人廟.暗記當日立界碑之地點云.

## 분수령(分水嶺)

분수령은 칠성호에서 북쪽으로 4리쯤 떨어진 곳에 위치해있다. 예전에는 중국과 조선의 경계를 표시하는 비석이 분수령에 세워져 있었다.

토착민들의 말에 의하면 비석의 모양은 포도산에 있던 비석과 꼭 같았고 목석(穆石)보다는 한자쯤 더 높았다 한다. 후에 조선인들이 비석을 사사로이 없애버리고 거기에다 성황당을 지었다 한다. 비석이 있던 경계선을 자기 나름대로 표시한 것이다.

# 乾溝

幹溝,卽碎石溝,在錦江西南岔前。

土人云,此溝入錦江,兩岸多雙心木,不易砍.蓋木本雙心,其堅自與他樹不同.又云,雙心木每以斧砍之,則血流不止,殊屬不解.

又雲,數年前,韓人在幹溝口砍樹.遇一樹,大樹圍,以斧砍之.血出,聲如牛鳴.疑之,歸與衆謀.衆各持斧鑭往,復砍,血暴流如泉.衆不顧仍砍之,樹自倒.視之樹心牛枯,中有巨蛇無數,猶蠕蠕而動,擧火焚之,經三年而火猶未息.按,此木因蛇流血,理猶近之.彼雙心木無蛇而血出,則愈出愈奇矣.

## 건구(乾溝)

건구는 쇄석구(碎石溝)라고도 하는데 금강 서남쪽 살래 앞에 있나.

전하는데 의하면 이 골짜기는 금강에로 이어지는데 량쪽 기슭에는 쌍심목이 많고 이런 나무는 벌목하기 쉽지 않다. 나무자체가 쌍심(雙心)이기에 그 단단함이 다른 나무와 비할바가 아니다. 또 쌍심목은 도끼로 찍으면 피가 끊임없이 흘러나오는데 왜 그런지 도무지 알수 없다.

몇 년전 조선인이 건구에서 벌목하는데 여러 아름이나 되는 나무 한 그루를 도끼로 찍으니 피가 흘러나오는데 소울음소리 같은 소리가 났다. 이상하게 여겨 돌아와서 여러 사람과 상의한 끝에 다시 도끼를 들고 가서 여러번 찍으니 피가 샘처럼 솟구쳐 나왔다. 그것을 아랑곳하지 않고 모두들 계속 찍으니 마침내 나무가 넘어졌다. 나무를 살펴보니 속이 반나마 썩었는데 안에는 많은 커다란 뱀들이 꿈틀거리고 있었다. 불로 태우니 삼년이 지나도록 불이 꺼지지 않았다고 한다.

　　나무가 뱀으로 인하여 피를 흘리는 것은 그렇다 할수 있지만 쌍심목이
그 속에 뱀도 없으면서 피를 흘리는 것은 생각할수록 기이하고 놀랍다.

# 大旱河

大旱河,出三奇峰之南麓.塹底無水，多沙石.順長白山根而西南六里余,至雲門又有一塹揷入,直奔而南,至南阜約三十里始出,水名爲暖江.

土人云,前有武炮,蓬萊人，在暖江源,結一樺皮小廈,經年余.一日,縱獵南阜,忽見旱河水勢浩大,波浪滔天,心疑之.遵岸而上。行九里余,聞水中鼓聲聒耳,鼓隆驚人,狂奔而返.約六里,水忽不見，惟河底一蛤,大如箕,不敢前.用槍擊之,蛤不動.入河取之,負而歸.得一明珠,長可徑寸,系腰中,塵不能近身.攜過煙臺,遇(勞)[嶗]山一道人,以千金購之.武炮得金,回籍不返.至今木廈遺址猶存.

又云,韓人李某,長派人也，忘其名.夏日患目,攜其二子之湯泉洗目(湯泉有一洗眼泉,洗之疾能愈.)過胭脂山失路.入大旱河,次子渴,無泉可飲.遙見河中露有水痕,往吸之水斜長尺余,如仰月形,深不滿二寸,中有一白石,浮於水心.知爲海浮石,亦不之怪.伏飲畢,見石圓如橢,發寶光.手取之,體甚輕,堅潔可愛,獻其父,命仆襲背夾中,抵泉洗目.數日歸至家.李取石視之,見石上金線纏腰,中有一隙,間不容發.兩手撥之,石礑而謔,藕絲連貫.置之案上,兩石自動,半鐘許,若合無痕.屢試屢驗,藏爲秘寶,不肯令人見.因命名爲"雄雌石".

## 대한하(大旱河)

대한하는 삼기봉(三奇峰)남쪽기슭에서 발원한다. 강바닥에 물은 없고 다만 돌과 모래만 가득하다. 장백산줄기를 따라 서남쪽으로 6리쯤 나와서 운문(雲門)에 이르면 또 골짜기 하나가 있어 남쪽으로 곧게 뻗었는데 남산에서 약 30리쯤 지나서 물이 흘러 강을 이루는데 그 이름을 난강(暖江)이라 한다.

옛날 무포(武炮)라는 사람이 있었는데 그는 산동 봉래지역에서 온 사람으로서 난강 발원지에 백양나무껍질로 자그마한 오두막을 짓고 살았다. 일년쯤 지났을 때 하루는 남산에서 사냥을 하다가 갑자기 대한하에 큰 물이 져서 파도가 하늘을 삼킬듯한 기세로 사품치고 있는 것을 보게 되였다. 심상치 않음을 느낀 무포가 기슭을 따라 9리쯤 올라가니 물속으로부터 북소리가 들려왔는데 그 소리가 너무도 요란하였다. 무포는 무서워 정신없이 달려서 돌아왔다. 6리쯤 왔을 때 갑자기 물은 없어지고 강바닥에 키만큼 큰 조개 한 마리가 있었다. 무포는 겁나서 까까이 가지 못하고 총으로 쏘았더니 조개가 움직이지 않았다. 강에 들어가서 조개를 건져내여 등에 지고 돌아왔다. 조개로부터 진주 하나를 얻게 되였는데 크기가 1촌쯤 되였다. 허리에 차고 다니니 몸에 때가 묻지 않았다. 진주를 가지고 연대(煙臺)를 지나다가 한 도사를 만나 천금을 받고 그것을 팔았다. 부자가 된 무포는 고향으로 돌아갔다. 지금도 그가 살던 오두막 집터가 남아있다.

또 전하는데 의하면 조선인 리씨가 있었는데 장파(長派)에서 온 사람으로서 그 이름은 알수 없다. 어느 여름날 리씨 일가는 눈병을 앓았다. 리씨는 두 아들을 데리고 눈을 씻으러온천을 찾아가게 되였다. 온천물로 눈을 씻으면 눈병이 났는다 하기 때문이였다. 그들은 연지산(胭脂山)을 지날 때 그만 길을 잃어 대한하로 들어오게 되였다. 리씨의 둘째 아들은 목이 말랐지만 마실만한 물이 없었다. 바라보니 강바닥 한곳에 물자욱 같은 흔적이 보이기에 거기에 가서 물을 빨아보기로 했다. 빨아보니 길이가 1자 남짓이 되는 물이 생기는데 그 모양이 마치 반달 같았다. 물의 깊이는 2촌쯤 되고 한가운데 흰 돌 하나가 떠있었다. 그 돌이 부석임을 알기에 별다르게 생각지 않았다. 그런데 엎드려 물을 마시고 난뒤에 그 돌이 타원형이고 보석처럼 빛나고 있는것을 발견하게 되였다. 그 돌을 손으로 잡으니 퍼그나 가벼웠으며 단단하고도 깨끗하고 이뻤다. 무겁지 않았다. 아버지에게 드렸더니 그 돌을 지게 속에 넣어두게 했다. 온천에 도착하여 며칠동안 눈을 씻은 뒤 집으로 돌아왔다. 리씨가 그 돌을 꺼내서 보니 금실이 감겨져 있었고 가운데 틈이 있지만 그 사이가 잘 물려있었다. 두 손으로 제껴보니 돌이 소리를 내면서 량쪽으로 갈라졌는데 그속에는 련밥실 같은 것들이 서로 이어져있었다. 상우에 올려 놓으니 두 돌조각은 스스로 움직이기 시작했는데 반시간쯤 지나니 서로 합쳐졌는데 조금도 틈이 없었다. 다시 몇 번 더 시험해봐도 그냥 그러했다.

　그 뒤 리씨는 그 돌을 보물로 여기면서 깊이 숨겨두고 그 누구에게도 보여주지 않았다. 그리고 돌을 ≪자웅돌(雌雄石)≫이라 이름지었다.

# 劍川江

劍川江,一名袍脫河,源出南葡萄山西難麓(詳葡萄山).西南流百七十里,與暖江合流處,卽爲鴨綠江.

世傳,唐薛仁貴平高麗歸渡河,軍士各脫戰袍,洗於河上.至今寶泰洞西河崖,猶稱爲洗袍處.

## 검천강(劍川江)

검천강은 포탈하(袍脫河)라도고 하는데 남포도산 서남기슭(상세한 것은 포도산부분을 보라)에서 발원한다. 서남으로 170리를 흘러서 난강과 합류하여 압록강으로 된다.

전하는데 의하면 당나라의 설인귀가 고구려를 평정한뒤 돌아가는 길에 이 강을 건넜는데 병사들이 전포를 벗어 강물에 씻었다 한다. 지금도 보태동 서쪽 강가에 있는 벼랑을 빨래터라 부른다.

# 團頭山

團頭山,卽費德裏山，一名蠶頭,南距長白府一百八十里.三溝、八溝、十九溝,均出山南.産人參…

又云,光緒二十一年,高麗許(了)[丫]頭酣於酒,被其父逐出,赴漫江營投親.路徑山下,遙見山上獵者數十人,各披袯襫,持槍械,狂奔呼躍,詡詡自得.惟人軀短小.心疑之.挺身向前,高聲喊問:"獵者爲誰?"轉瞬不見.許自覺遇鬼,但身至山半,不得不前.行四十余步,見人參滿山,多佳者.刨得七十余苗,大者有十六兩之重.日將暮,思投宿山後，明早再采,遂下山投宿.次晨復往,惟有窮巖絶壑,余無別物.

## 단두산(團頭山)

단두산은 비덕리산(費德裏山)인데 일명 잠두라고도 한다. 장백에서 남쪽으로 백팔십리 떨어져 있고 삼구、팔구、십구구, 모두 산의 남쪽에 있는데 이곳에서는 인삼이 난다….

전하는데 의하면 광서(光緒) 21년에 성이 허씨인 조선인 처녀가 있었는데 술 마시기를 즐겨하여 그 아버지가 집에서 쫓아냈다. 그녀는 만강영(漫江營)에 있는 친척집을 찾아가고저 길을 떠났다. 산 아래에 난 길을 따라 걷고 있는데 갑자기 산우에서 사냥군 수십명이 각각 도포를 걸치고 무기를 든채 달리면서 소리 지르는 것이었다. 그들은 저마다 자신만만한 모양이였지만 체구가 매우 작았다. 이상하게 여긴 처녀는 그들에게 가까이 가면서 큰 소리로 묻기를 ≪그대들은 누구세요?≫라고 물었다. 그런데 그 사냥군들은 홀연 종적을 감추었다. 허씨 처녀는 귀신을 만난 것이라 여겼으나 이미 산중턱에 이르렀는지라 용기를 내여 계속 앞으로 나아갔다. 40여보 쯤 걸어들어가니 눈앞에 인삼밭이 펼쳐졌는데 대부분이 상등삼이였다. 70여 뿌리를 캤는데 큰것은 열여섯냥이나 되였다. 해가 저물어가고 있기에 산뒤에 내려가 잠자리를 마련하고 래일 다시 와서 캐야겠다고 궁리하면서 산을 내려갔다.

이튿날 아침 다시 산에 올라가 보았지만 바위와 골짜기만 있을뿐 다른 것은 보이지 않았다.

# 唐塔

唐塔,在鴨綠十九道溝之梨樹溝口,高阜之上, 阜形如龍首.

相傳,唐時建修,塔底磚方可盈尺,泥質不甚細膩.塔頂明時被烈風吹折,今尚闕如.

土人云,十數年前,潘姓見塔前有一石碑甚小,上勒篆文不能辨,後被韓人損毀.查此塔建立已久.或云尉遲敬德所築,或云薛仁貴所築,或云劉仁軌所築,碑屺無存,未易考核,惟所皆系唐人.其爲唐塔無疑.

## 당탑(唐塔)

당탑은 압록강 열아홉 골짜기중의 하나인 리수구(梨樹溝)어구에 있는데 룡의 머리처럼 생긴 높은 언덕우에 세워져있다.

전하는데 의하면 당나라때 지어졌는데 탑의 밑부분은 벽돌로 한자쯤 쌓아올렸고 흙은 그닥 부드럽지 않았다. 탑 꼭대기는 명나라때 거센 바람이 몰아쳐서 날아났는데 지금도 복구되지 않은채 있다.

십여년 전 반씨 성을 가진 한 사람이 탑앞에 자그마한 비석이 있는 것을 보았다 한다. 비석에 새긴 글자는 알아볼수 없었고 후에 조선인들이 그 비석을 없애버렸다 한다. 이 탑은 세워진지 꽤나 오래되였다 하는데 위척경덕이 세웠다고도 하고 설인귀가 세웠다고도 하며 또 류인궤가 지었다고도 한다. 비석이 없기에 세워진 시기를 알아볼수 없게 되였지만 탑을 세웠다고 하는 사람들이 모두 당나라 사람인것만은 틀림없다. 그러기에 당나라때 탑이 맞다 하겠다.

# 唐溝

唐溝, 在十五溝, 十九溝口, 皆有遺跡可考.

相傳, 唐征高麗所剷之溝. 前在天津, 聞合肥李文忠公曾言:"鴨江右岸有唐時戰溝."

今見此溝, 始信其確有考據也。

## 당구(唐溝)

당구는 압록강 열아홉골짜기 가운데서 그 열다섯번째 골짜기와 열아홉번째 골짜기의 어구에 있는데 지금도 그 흔적을 찾을 수 있다.

전하는데 의하면 당나라가 고구려를 정벌할 때 만든 골짜기라고 한다. 얼마전에 천진에서 합비(合肥)사람 리문공이 이렇게 말하는 것을 들은바 있다.

≪압록강 오른기슭에는 당나라 때에 쓰던 전호가 있다.≫

오늘 이곳에서 당구를 보니 리문공의 말이 헛된것이 아님을 알겠다.

# 趵突泉

趵突泉,在珍珠門西偏南,亦臨江八景之一.産金.

相傳數年前,有韓民私在泉邊淘金.深丈余,忽見高粱稭一束,橫於沙底,兩頭露有灰痕.取出燃之,有硫磺氣.較之他稭,火光大數倍.衆皆不知其所以然.嶽守備京忠曾親見之.按此稭與炭崖之神炭,大致相同.余以爲神炭系被荒火焚後,爲塵土掩埋,千年不變.迨被河水冲出,故仍有木炭性質,至沙底之梁稭,亦系數百年年前, 有人在該處淘金, 野宿燒稭未盡,被沙塵壓於內.今被人淘出,卽以爲異耳.至火光大於他稭,抑或爲地氣所侵之故,姑錄以待考.

## 박돌천(趵突泉)

박돌천은 진주문(珍珠門)에서 서쪽방향으로 남쪽으로 치우쳐 있다. 림강(臨江)8경의 하나이며 금이 난다.

전하는데 의하면 몇 년전 조선인들이 샘터에서 사사로이 금을 캤다. 땅을 10자 정도 파들어가자 홀연 수수대 한묶음이 모래바닥에 놓여있는것을 발견했다. 수수대 량끝에는 불에 탄 흔적이 있었는데 그것을 꺼내서 불태우니 류황 냄새가 났으며 다른 풀등속에 비해 불빛이 몇배나 더 밝았다. 모두들 어찌된 영문인지 알수 없었다. 이 곳 태수인 악경충이 그 수수대를 직접 본적이 있다 한다. 악경충의 말에 따르면 이 수수대는 탄애(炭崖)에서 발견된 신탄(神炭)과 비슷하다고 한다. 워낙 신탄은 산불에 탄 나무가 흙먼지속에 묻혀서 천년 세월이 지나도 변하지 않았는데 그우에 있던 흙이 강물에 씻기면서 나오게 되었는데 여전히 숯으로 남아 있었기에 불탈수 있는 것이다. 모래바닥에서 나온 수수대 이와 같은 사정일 것이다. 즉

수백년 전 누군가 거기서 금을 캘 때 로숙하면서 불을 지폈는데 그때 채 타지 않은 수수대가 오래동안 모래속에 묻혀있다가 썩 후에 사람들이 그 것을 발견하고 이상스러워 한 것이다.

그 불빛이 다른 삭정이보다 더 밝은 것은 땅의 기운이 스며들었기 때문 이라 할수 있다.

# 二里半

二裏半,東距劉家檝房五裏.

土人云, 熊膽有銅膽、鐵膽、草膽之分.銅膽金黃色最佳.鐵膽炭黑色次之.草膽則相去遠甚.且膽隨月之盈虧爲消長.每月自十五以前者,氣力足而體重.十六以後者,氣力虧而體輕.臥倉者尤佳.夏日食之有腥焉,熊有作膏,能治跌傷.白山左右華韓獵戶,皆以此由燃燈,蓋他油不易得也.

## 이리반(二里半)

이리반은 류사언방(劉家檝房)에서 동쪽으로 5리쯤 떨어져있다.

전하는데 의하면 곰의 쓸개는 구리쓸개、쇠쓸개、풀쓸개 세가지로 나뉜다 한다. 구리쓸개는 황금색으로 일품이다. 그 다음은 쇠쓸개인데 숯과 같은 검은색을 띤다. 풀쓸개는 구리쓸개, 쇠쓸개와 비할수 없이 떨어진다. 또 곰의 쓸개는 달이 둥글어지고 슬어지는데 따라 그 무게가 더해지거나 줄어들기도 하는데 매달 보름진에는 곰의 기력이 세지고 몸도 무거워지지만 보름후에는 기력이 떨어지고 몸 무게도 줄어든다. 그리고 동면하는 곰의 쓸개가 제일 좋다고 한다. 곰의 쓸개는 여름에 먹으면 비린내가 난다. 곰의 기름은 고약으로 만들어서 타박상을 치료하는데 쓴다. 장백산 주변에 있는 중국과 조선의 사냥군들은 곰기름으로 등잔을 켰다고 한다. 그런데 곰기름은 얻기 어렵다 한다.

# 大珠寶溝

大珠寶溝, 一名煮餑餑溝. 東距湯河會房三十余裏.

　土人云, 前有沈陽參客席珍, 偕友人饒趣過此遇雨, 江水漲發不能渡. 一日散步江幹, 見有歸化之韓戶婦女浣衣江上, 內有一女, 年已及笄, 嬌容媚態, 出自天然. 席心好之, 晚歸寓語饒曰: "江邊有一韓女, 美而艷, 俟更余, 吾二人同往尋宿, 可以苟合." 饒應之, 二人暢飲醉, 遂出門步月前往. 行里余, 遇一少年趨赴西南. 二人隨行三裏許, 陡有磚城在前. 席曰: "鬼城也, 不可入." 饒曰: "無多言. 吾輩可往觀動靜." 攜手入城, 視之如舊遊地. 街前熙來攘往, 直同白晝. 因同坐洋車, 作冶遊, 至春花第一巷, 入紅杏園內, 見歌妓如雲. 多識者, 各道寒暄. 俟有四鳳出, 席舊好也. 見席引入本屋, 席喜偕饒進. 見房內淨潔, 補壁一聯, 仍系"一二三五六七八九十而四居中上可矣, 鶴雞雀雁鵜鷺鶯鶉鸝惟鳳不同群妙哉"兩語, 以爲相逢非偶, 快甚! 旋問鳳曰: "饒之坤友名飛君者, 現在此地否?" 鳳曰: "現在秋月第二巷廣寒宮院." 饒約席往見飛君, 雖老, 風韻猶存. 饒喜不止, 嘆爲奇遇. 未幾, 漏下三耕, 饒止, 席返鳳處, 彼此舊雨重逢, 綢繆倍於新識. 倏而天曉, 各酣睡至日中. 饒覺身如活炙, 驚起見臥處有一巨蟒伏地, 駭極思逃奔. 走二十余步, 見一白蛇盤結席腰. 遙呼席覺, 斜視蛇猶蠕蠕而動, 圍腰三匝, 不能起. 饒急放荒火, 而蛇始逃匿. 二人狼狽而回. 身腫月余始愈. 人皆以爲淫者之報.

## 대주보구(大珠寶溝)

　대주보구는 일명 자패패구(煮餑餑溝)라고도 하는데 탕하회방(湯河會房)에서 동쪽으로 30리쯤 떨어진 곳에 있다.

전하는데 의하면 옛날 어떤 심양에 사는 심마니 석진(席珍)이 친구 요추(饒趣)와 함께 이곳을 지나다가 강물이 크게 붇는 바람에 강을 건늘수 없어 묵게 되었다. 하루는 강가에서 산책하고 있는데 조선인 녀자들이 강가에서 빨래를 하고 있는 것을 보게 되었다. 그중에 한 처녀가 있었는데 계례를 치를 나이가 된 것 같았고 용모가 뛰여나고 자태가 황홀하여 선녀를 방불케 했다. 석진은 마음이 그 처녀에게 끌렸다.

저녁에 숙소로 돌아오자 석진은 요취에게는 말하기를 ≪강가에서 한 조선인 여자를 보았는데 인물이 뛰여나기로 더 말할데가 없더라. 밤이 깊은뒤 우리 둘이 함께 찾아가서 한바탕 즐겨봄이 어떠한가?≫라고 하였다. 요취는 그렇게 하자고 대답했다. 두 사람은 술을 한껏 마신뒤 집을 나서서 달빛을 밟으며 녀자집을 찾아갔다. 1리쯤 갔을 때 서남쪽으로 향해 길을 다그치고 있는 한 소년을 만났다. 두 사람이 그 소년을 따라서 3리쯤 가니 불현듯 앞에 벽돌로 쌓은 성벽이 나타났다. 석진은 ≪귀신들이 있는 성이다. 들어가지 말자.≫라고 했다. 그런데 요취는 ≪더는 말하지 마라. 우리 들어가서 동정이나 살펴보자.≫라고 하면서 석진의 손을 잡고 함께 들어가는데 마치 익숙히 알고 있는 곳을 구경가는듯 하였다. 성안의 거리는 사람들로 붐비였고 대낮같이 환했다. 두 사람은 멋스런 수레에 앉아 이리저리 돌며 구경하다가 춘화제1항(春花第一巷)에 이르러 홍행원(紅杏園)이라는 기방에 들어갔다. 기생들이 구름처럼 몰려왔는데 대부분 안면 있는 여자들이여서 서로 인사를 했다. 이때 "사봉(四鳳)"이라 부르는 기생이 나왔는데 석진이 친하게 지냈던 기생이였다. 그녀는 석진을 자기 방으로 데리고 갔다. 석진은 크게 기뻐하면서 요취와 함께 방으로 들어갔다. 방은 깨끗하였는데 벽에는 이런 글귀가 붙어 있었다. "하나 둘 셋 넷 다섯 여섯 일곱 여덟 아홉 열중에서 넷째만이 으뜸에 속하고 학 닭 참새 기러기 비익조 해오라기 백로 비오리 메추리 꾀꼬리 등 뭇새들중에 봉황만큼 출중한게 없도다."는 글귀였다. 석진은 여기서 만나게 된것이 우연이 아니라고 생각하니 대단히 즐거웠다. 석진이 사봉에게 묻기를 ≪내 친구 요취의 단짝인 비군(飛君)도 지금 이 곳에 있느냐?≫라고 물었다. 사봉이 대답하기를 ≪개는 지금 추월제2항(秋月第二巷)에 있는 광한궁원(廣寒宮院)에 있습니다.≫라고 대답했다. 요취는 석진과 함께 비군을 찾아갔다. 비군은 늙었지만 매력은 여전했다. 요취는 기뻐서 어쩔 바를 몰라하면서 그야말로 기이한 인연이라고 감탄했다. 이윽고 밤이 깊어지자 요취는 비군의 방에 묵고 석진은 사봉의 거처로 돌아와서 그녀와 함께 운우지락을 나누었다. 전보다 즐거움이 몇배 더했다.

날이 밝았는데도 그들은 달게 자고 있었다. 그런데 요취는 온몸이 불덩이처럼 뜨거움을 느꼈다. 놀라서 일어나 보니 곁에 커다란 구렁이가 누워 있었다. 너무도 무서워서 황급히 도망쳤다. 이십보쯤 달아났을 때 요취가 앞을 보니 흰 뱀 한 마리가 석진의 몸을 감고 있었다. 요취가 부르는 소리에 석진이 깨여 보니 뱀이 서서히 움직이고 있는데 허리를 세겹이나 감고 있어서 도저히 일어날수 없었다. 요취는 급한 김에 불을 질렀다. 그제야 뱀이 도망갔다. 두 사람은 큰 랑패를 보고 돌아왔는데 달포가 지나서야 부은 몸이 겨우 나았다.

이를 사람들은 음탕한 자에 대한 귀신의 응징이라 하였다.

# 雕砬子

雕砬子,在湯河會房東偏南二十里，松花頭道江岸.

相傳,前有大鵬雕,一雄一雌居之.至今石岸空中,雕巢猶存.以木爲之,大如廣廈.

土人云,雕砬子下産白金.前有韓民曾得十余斤.照白銅價値，售諸茂山城人,故至今茂山城中，猶有存白金器具者.

## 조립자(雕砬子)

조립자라는 곳은 탕하회방(湯河會房)에서 동남쪽으로 20리쯤 떨어진 곳에 있는데 그 곳은 송화강 첫머리의 강기슭이다.

전하는데 의하면 옛날 이 곳에 큰 수리개 누 마리가 있었는데 암것과 수컷 한쌍이였다. 지금도 돌로 된 강기슭에는 그 둥지가 남아있다. 나무로 만들었는데 크기가 집채만 하다.

토착민들의 말에 의하면 예전 이곳에서 백금이 났다. 조선인들이 백금 10여근을 캐여 그것을 흰 구리 값으로 무산사람들에게 팔았다. 그러기에 지금도 무산에는 백금으로 된 물건들을 가지고 있는 사람들이 있다 한다.

# 古冢

古冢,在娘娘庫西北,距會房五里,有三冢焉.

相傳金時三王之冢.光緖三十二年，日人至此,疑爲高麗古冢,曾抉其二,無跡可驗,因掩之.

至今猶有遺痕.


## 고총(古冢)

고총은 랑랑고(娘娘庫)의 서북쪽에 있는데 회방(會房)에서 5리 떨어진 곳에 세 무덤이 있다.

금나라 때 세 왕의 무덤이라 전해지고 있다. 광서(光緖) 32년에 일본인들이 이 곳에 와서 고려의 옛무덤인줄 알고 무덤 두 곳을 파헤쳤었는데 그러한 근거를 얻어내지 못하자 도로 묻었다. 지금도 그 흔적이 남아있다.

# 초등소학수신서
## (初等小學修身書)

계봉우

# 제1과 모생(謀生)

수박의 둥근것을 취하여 수(數)가 없이 선(線)을 거어니 그 형상이 지구 (地球)와 같은지라. 이것을 물에 띄우고 개아미를 잡아다가 그우에 노왔더 니 먹을것을 엇지못하야 죽을디경을 당하엿더라. 너의 학도(學徒)들은 생 각하여 볼지어다. 인(人)이 살아가기를 모(謀)치 아니하면 엇지 지구상(地 球上)에 거(居)하리오 .

# 제2과 모롱(侮弄)

일묘(一猫)가 쵝샹우에 업듸여잇엿거늘 고기 먹이매 가지 아니하고 머리 를 긁으매 가지 아니하더니 그 미(尾)를 잡아 낚으매 이에 소래를 지르고 주(走)하더라. 천하(天下)에 가쟝 견대기 어려운것은 인(人)의 모롱(侮弄) 이라. 비록 묘(猫)라도 이러하거늘 하물며 인(人)이리요.

# 제3과 지혜(智慧)

우(牛)가 전(田)을 경(耕)할새 동(勤)치 아니하거늘 목동이 채찍으로 따 리니 우왈(牛曰) 내가 심히 괴롭도다 목동왈(曰) 지혜(智慧)가 사람만 같 지 못하야 사람의게 부리움이 되엿다 하더라 우(牛)만 그러할뿐 아니라 인(人)도 지혜(智慧)가 없으면 우(牛)와 같으니라.

# 제4과 능력(能力)

리생(李生)이 설(雪)을 뭉키여 사람의 형상을 맨드니 이(耳)와 목(目)과 구(口)와 비(鼻)와 수(手)와 족(足)이 다 구비하되 더부러 말하여도 답(答)지 아니하고 하여곰 행(行)게 하여도 동(動)치 아니 하는지라. 리생(李生)이 크게 우셔 왈(曰) 백(百)가지가 다 사람만 같지 못하니 엇지 능히 세상(世上)에 립(立)하리오 하고 발로 차서 곳 문허지더라.

# 제5과 계탐재(戒貪財)

화원(花園)에 거줏 산(山)이 잇으니 심히 험한지라. 박씨(朴氏)의 아(兒)가 중아(衆兒) 다려 일너 가로대 누구던지 차(此)에 등(登)하면 내가 전(錢)으로써 샹주리리라 한대 중아(衆兒)가 몬져 올으기를 닳오거늘 일아왈(一兒曰) 나는 재조를 파는 자(者) 아니라. 엇지 재(財)를 중(重)히 녁어 명(命)을 경(輕)히 녁이리오.

# 제6과 효아(孝兒)

중양(重陽)9월9일(九月九日)에 동학하는 아해(兒孩)들이 함께 산(山)에 올으매 일기(日氣)가 임의 겸은지라 일아(一兒)가 도라가고져 하거늘 중아(衆兒)가 허락지 아니하니 그 아해가 옷을 떨치고 거(去)한대 중아(衆兒)가 책하니 기아왈(其兒曰) 차라리 벗의 뜻을 어길지언정 우리 모친(母

親)의 바라이세심을 괴롭게 못하겟노라.

## 제7과 지의(知義)

두 개아미가 동행(同行)하거늘 일아(一兒)가 희롱하다가 그 하나를 죽엿더니 한 개아미가 그 동행(同行)의 죽음을 보고 구멍으로 물고 드러가더니 다시 동류(同類)로 더부러 흙가루를 취(取)하야 묻더라. 의(蟻)도 오히려 의(義)를 지(知)하거든 하물며 사람이야 엇더하겟나냐

## 제8과 용서(容恕)

갑을이동(甲乙二童)이 구(球)를 더질새 갑동(甲童)이 거즛 을동(乙童)의 낯을 쳐서 앞으기가 심(甚)한지라 갑동(甲童)이 크게 두려워한대 을동(乙童)이 갈오대 차(此)는 무심(無心)의 허물이라 하야 서(恕)하는 용색(容色)이 없더라

## 제9과 교긍(驕矜)

구(龜)가 토(兎)로 더부러 달아가기를 락이할새 토(兎)가 구(龜) 다려 위왈(謂曰) 나는 뛰기를 잘하니 만일(萬一) 잠시만 허비하면 능(能)히 네

의 거름을 및으리라 하고 인하여 조우다가 깨여본즉 거북이 임의 몬져 간지라. 이제 사람이 교만함으로써 일을 랑패하는 자(者)는 톡기와 같흐니라.

# 제10과 회개(悔改)

모둘(某童)이 리웃집에 드러가 황국(黃菊)이 핀것을 보고 한가지를 꺽으니 사랑에 앵무새가 유(有)하야 크게 불너 왈(曰) 도적이 래(來)하엿다. 도적이 래(來)하엿다 하거늘 모동(某童)이 수회(羞悔)하야 이로붙어 감히 사람의 물건을 취(取)치 못하더라

# 제11과 직분(職分)

가(家)에 일묘(一猫)와 일견(一犬)을 기루는데 개가 고양이 다려 일너 왈(曰) 나는 도적을 막고 너는 쥐를 막아 각(各)히 직분(職分)을 사(司)하엿으니 그 맡은 바를 실(失)치말라 하더니 일일(一日)은 적(賊)이 래(來)하야 주인의 물(物)을 절거(竊去)한지라. 묘(猫)가 견(犬) 다려 위왈(謂曰) 너는 나보다 대(大)하되 임의 직분 실(失)하엿으니 능(能)히 붓그럽지 아니하냐.

# 제12과 효행(孝行)

리씨(李氏)의 아(兒)가 나히 여슷살이라. 매일오시(每日午時)에 졔긔를 가지고 실과(實果)와 채소를 조곰식 담아 궤상(几上)에 버려 놋고 절하야 례(禮)를 극진히 하거늘 인(人)이 문(問)한대 리아왈(李兒曰) 오모(吾母)가 일즉 사(死)하엿음애 내 추모(追慕)의 졍셩을 다하고져 함이로라.

# 제13과 우렬(優劣)

추일(秋日)이 당(當)하매 귀똘이 많거늘 그 숫것을 잡아 도기중(陶器中)에 너어 두엇더니 피차(彼此) 셔로 싸호다가 승(勝)한즉(則) 크게 울어 그 형상에 깃버하는 뜻이 잇는지라. 슯으다 우(優)한 자(者)는 승(勝)하고 렬(劣)한 자(者)는 패(敗)함은 귀똘이도 면(免)치 못하더든 하물며 인(人)이리오

# 제14과 의용(養勇)

모아(某兒)가 라팔(喇叭) 한쌍을 사셔 동학(同學)수십인(數十人)으로 더부러 보법(步法)을 익힐새 나아가고 물너가며 빠르고 늦음을 다 라팔(喇叭)소래로써 맛게 하는지라. 제동(諸童)이 희롱하여 말하여 왈(曰) 누가 아국(我國)을 모(侮)할고 동자군(童子軍)도 또한 한번 싸혼다 하니 장(壯)하고 용(勇)하도다.

# 제15과 지우(智愚)

후(猴)가 우(芋)를 화로에 구을새 묘(猫) 다려 위왈(謂曰) 우(芋)가 익거든 너를 줄지니 너는 우(芋)를 취(取)하여 내여라 묘(猫)가 대희(大喜)하여 우(芋)를 취(取)하다가 손바당을 데워 땅에 던지니 후(猴)가 그 차기를 기다려 먹는지라. 슲으다. 우(愚)한 자(者)가 지(智)한 자(者)에게 부리움이 이와 같도다.

# 제16과 대회(大悔)

몽학생(蒙學生)이 유(有)하야 가면(假面)을 사셔 쓰고 동학(同學)을 놀내니 동학왈(同學曰) 우리가 진실함으로써 사귀엿거늘 여(汝)는 맞암내 참 면목(面目)을 실(失)하엿으니 학교중(學校中)에 이같은 불정한 자(者)를 어대 쓰리오 하니 그 학생(學生)이 대회(大悔)하더라.

# 제17과 사지(詐智)

일서(一鼠)가 샹자가온데 미(米)를 먹다가 인(人)의 지(至)함을 듣고 업대여 조곰도 동(動)치 아니하거늘 사람이 그 도망한줄로 지(知)하엿더니 인(人)이 가매 먹기를 또한 여상히 하더라. 서(鼠)는 조고만한 동물(動物)이로대 지혜로써 사람을 업수히 녁이니 인(人)이 그 간사함을 미워하는 고(故)로 묘(猫)를 양(養)하야 죽이나니라.

# 제18과 자유(自由)

새가 전중(田中)에 재(在)하야 먹을것을 찾거늘 망(網)으로 그 하나를 얻어 됴롱가온데 두엇더니 먹지 아니하고 사(死)한지라. 더 작(雀)은 공중에 날아 상(上)하고 하(下)하기를 자유(自由)로 하다가 사람에게 잡힌배 되야 자유(自由)치 못하니 차라이 일사(一死)함만 같이 못하다 함이로다.

# 제19과 의뢰(依賴)

웅계(雄鷄)는 새벽을 갚고 자계(雌鷄)는 알을 낳건마는 사람의 먹는것을 외뢰(依賴)하야 사는 고(故)로 세시(歲時)의 복날과 납일에 이를 죽여써 제사에 드리며 손님께 지공하니 슳으다 능(能)히 아(我)를 살니는 자(者)는 또한 능(能)히 아(我)를 죽이나니 인(人)을 의뢰(依賴)하야 생활(生活)하는 자(者)는 그 맛당히 경계할지어다.

# 제20과 당무(當務)

로새가 소곰섬을 실고 강(江)을 건너가다가 굽을 주춤하니 염(鹽)이 물에 잠겨 풀어지매 중량(重量)이 곱이나 가벼온지라. 로새가 라귀를 도라보고 그러한 사실(事實)을 말한대 라귀는 양의 가죽을 실고 로새와 같이 하니 털억이 물에 잠겨 중량(重量)이 곱이나 더하더라. 사람이 자기(自己)의 당한 본무를 면(免)하고져 하야 망녕되히 다른 사람의 요행한 일을 본받음은 한갓 수고를 더할뿐이니라.

# 제21과 의무(義務)

학생(學生)이 대를 깍아 창을 하고 흙을 둥굴게 하야 환(丸)을 하고 동학(同學)을 모되여 량군(兩軍)을 하고 각(各)히 쟝수 일(一)하는 형상을 지으니 사람이 갈오대 너희 쟉란을 됴하 하도다 하니 쟝수왈(曰) 차(此)는 쟉란이 아니라 동자(童子)도 또한 병(兵)을 당(當)할 의무(義務)가 유(有)하오이다 하더라.

# 제22과 애국(愛國)

조생(趙生)이 소주(小舟)를 맨드러 가인병(假人兵)을 실고 물동이에 띄우니 배가 덤덤 동이 옆으로 오는지라 크게 소래하여 왈(曰) 도적의 군함이 온다 하고 참대관에 진흙탄환을 너어 쏘니 주(舟)가 업더지거늘 쳡셔를 갚아 갈오대 아국(我國)이 이로 좇아 공고(鞏固)하리로다.

# 제23과 근신(謹愼)

모아(某兒)가 야(夜)에 글을 읽을새 곤하기가 심한지라. 휴지(休紙)로

불심주를 맨드러 물(物)에 빛위다가 불똥이 방쟝에 떠러져 거의 태울번한 지라. 그 모씨왈(母氏曰) 사(事)의 대소(大小)를 물론하고 다 맛당히 근신(謹愼)할지니라. 소사(小事)라도 신(愼)치 아니하면 곳 해(害)가 잇나니라.

## 제24과 우애(友愛)

형제이인(兄弟二人)이 학교(學校)로붙어 도라올새 형(兄)이 길에셔 일리(一梨)를 사거늘 아우가 먹기를 청한대 주지 아니 하엿더니 아우가 기부(其父)에게 고한지라. 부왈(父曰) 형(兄)은 장(長)하고 제(弟)는 유(幼)하니 형이 맛당히 아우를 사랑할 것이오 아우는 형을 공경할것이라 하고 리(梨)를 취(取)하여 졀반을 난호니라.

## 제25과 약자승강(弱者勝强)

아동삼인(兒童三人)이 셔로 희롱하여 치기를 언약하엿는대 그 한 아해는 본래 무력(無力)하야 감아(三兒)의 뒤를 따르다가 이아(二兒)의 력(力)이 쇠쟌함을 기다려 치니 이아(二兒)가 함께 패하는지라. 고(故)로 모든 일이 다 시기(時機)가 잇으니 그 시기(時機)를 실(失)치 아니하면 곳 약(弱)한 자(者)가 능(能)히 강(强)한 자(者)를 승(勝)하나니라.

# 제26과 차위(借威)

서(鼠)가 묘(猫)의 위엄을 빌어 동류(同類)를 압데코져 하야 묘(猫) 다려 일너갈오대 내가 서(鼠)의 왕(王)이 되얏으니 네가 내의 말을 믿지 아니하거던 나와 함께 서혈(鼠穴)에 입(入)하야 견(見)하자 하거늘 묘(猫)가 서(鼠)의 뒤를 따라 드러가니 서(鼠)가 묘(猫)의 지(至)함을 견(見)하고 다 도망하여 가는지라. 묘(猫)가 이에 서왕(鼠王)을 식(食)하엿다 하니 인(人)도 타인(他人)의 위엄을 빌어 동족(同族)을 압데코져 하는 자(者)는 도로혀 수시로 죽음을 취(取)함이 서(鼠)와 같으니라.

# 제27과 교제(交際)

동가아(東家兒)가 서사아(西舍兒)로 더부러 벗이 되엿더니 서사아(西舍兒)가 동가(東家)에 정(征)한대 동가아(東家兒)가 자리에 맞아 드려 나무완자와 대그릇을 설(設)하고 손님 대졉하는 례(禮)를 행(行)하니 이것이 비록 아해(兒孩)의 유희(遊戱)나 교제(交際)의 도(道)를 지(知)함이로다.

# 제28과 무자유권(無自由權)

우(牛)와 마(馬)가 거(車)를 당기고 행(行)하야 조석(朝夕)으로 쉬지 아니하되 조곰 지(遲)하면 채로써 앞으게 치니 이는 로역(勞役)을 복(服)하고 또는 고쵸를 받음이라. 인(人)도 자유(自由)의 권(權)이 없는 자(者)는

다 이와 같으니라.

# 제29과 립지(立志)

리군(李君)이 아해(兒孩)를 다리고 등시(燈市)에 드러가 쟝차 일등(一燈)을 사고져 하나 아동(兒童)에게 합당한것이 없는지라. 아해(兒孩)가 도라와셔 한등을 스사로 맨드러 우(右)에는 당세영웅(當世英雄)이라 쓰고 좌(左)에는 셰의 싱명(姓名)을 썻거늘 리군(李君)이 왈(曰) 차사(此子)가 내시(大志)가 잇으니 가(可)히 아름답나 하너라.

# 제30과 분량(分量)

틔를 배수중(杯水中)에 더진즉 떠셔 도는것이 주(舟)와 여(如)하더니 도엽(桃葉)을 취(取)하야 더진즉 수(水)에 붙어 동(動)치 아니 하는지라. 인(人)의 사(事)를 성(成)함도 반다시 당당한 분량(分量)을 취(取)하나니 만일 경중(輕重)과 대소(大小)를 분별치 아니 하고 강면(强勉)으로 일우고져 하면 사(事)에 리익됨이 없느니라.

# 제31과 블탐(不貪)

대구(大龜)가 소구(小龜) 다려 일너 왈(曰) 날로 진흙가온데 업대여 많이 먹을것을 엇지 몰하니 내 룩디에 나아가 구(求)하리라 하고 사면(四面)으로 행(行)하면셔 찾다가 사람에게 죽이운바 되야 그 갑(甲)을 시(市)에 팔앗다 하니 슯으다 부귀(富貴)를 강구(强求)하다가 (그 아래 부분이 루락되였음)

# 제32과 수모(受侮)

※ 과문 전체가 루락되였음.

# 제33과 허망(虛妄)을 불신(不信)

명일(明日)은 유회(遊會)할 기약(期約)인대 천(天)이 우(雨)하야 개지 아니 하는지라. 모아(某兒)가 산신(山神)을 향(向)하야 머리를 두다리며 빌어갈오대 청광(晴光)을 방(放)하오셔 하거늘 일아(一兒)가 곁에 잇다가 소왈(笑曰) 산신(山神)은 허무하니 엇지 네의 빎을 지(知)하며 또 청(晴)과 우(雨)는 산신(山神)의 하는바 아니니 사리(事理)에 밝지 몰하고 한갓 허망(虛妄)만 신(信)하면 비록 이마가 깨여지도록 두다리더라도 또한 리익(利益)함이 무(無)하니라.

# 제34과 구조(救助)

모아(某兒)가 매(妹)로 더부러 동유(同遊)하다가 매(妹)가 지(地)에 업드러져 울거늘 형(兄)이 력(力)이 약하야 능(能)히 붓드러 일으키지 못하더니 맞암 일아(一兒)가 과(過)하다가 기형(其兄)과 함께 붓드러 일으키고 또 위로하야 재삼(再三) 어루만지니 모아(某兒)가 기아(其兒)에게 치사(致謝)한대 기아왈(其兒曰) 사람의 위태하고 급함을 보고 구조(救助)함은 도리(道理)에 당연한지라 엇지 치사(致謝)함이 유(有)하리오 하더라.

# 제35과 출입가계(出入可戒)

서(鼠)가 주(晝)에 출(出)하야 원중(院中)에 행(行)하다가 맞암 사람이 지나가다가 포살(捕殺) 하엿다 하니 서(鼠)가 주(晝)에는 업듸고 야(夜)에는 동(動)함이 맛당하거늘 망(妄)히 출입(出入)을 때없이 하다가 기신(其身)을 살(殺)하얏으니 가(可)히 계(戒)치 아니하랴.

# 제36과 전심(專心)

학생(學生)들이 글을 읽을새 그 선생(先生)이 학생(學生)의 용심(用心)함을 시(試)코져 하야 졸지에 왈(曰) 학(鶴)이 날아온다 하니 제생(諸生)이 다 우러러 보되 일생(一生)이 호을로 단좌(端坐)하야 동(動)치 아니하거늘 선생(先生)이 왈(曰) 사람이 사(事)를 작(作)함에 반다시 이심(二心)

을 용(用)함이 무(無)할지니 져 생(生)은 가(可)히 전심(專心)으로 학(學)을 구(求)하는 자(者)로다.

# 제37과 괴손공익(壞損公益)

학교(學校) 동산에 화초(花草)가 만발(滿發)하엿거늘 일아(一兒)가 일지(一枝) 잡아 꺾으니 선생(先生)이 책(責)하여 왈(曰) 교사(校舍)는 제학생(諸學生)의 집이오 화초(花草)는 제학생(諸學生)의 눈을 깁으게 하는것이어늘 여(汝)가 차(此)를 절손(折損)하니 시(是)는 공익(公益)을 괴(壞)함이라. 공익(公益)을 괴(壞)하면 타일(他日)에 사회(社會)에 립(立)지 못할지니 후(後)에는 맛당히 계(戒)할지어다.

# 제38과 공덕심(公德心)

모생(某生)이 하일(夏日)에 문외(門外)에 출(出)하다가 중도(中途)에셔 그릇 외의 가죽을 밟아 미그러져 너머졋다가 기(起)하야 그 앞은 곳을 어르만지 아니하고 급(急)히 외가죽을 집어 와력(瓦礫)에 더져바려 왈(曰) 오(吾)는 임의 넘어졋거니와 후(後)에 래(來)하는 인(人)의 미그러짐이 무(無)하게 하리라 하니 모생(某生)은 공덕(公德)의 마음이 잇는 자(者)로다.

# 제39과 불량력(不量力)

일아(一兒)가 저(猪)의 오좀통으로 북을 맨드러 두다리니 기성(其聲)이 동동하거늘 성(聲)의 소(小)함을 혐(嫌)하야 힘을 써 치니 고피(鼓皮)가 찌여진지라. 기아(其兒)가 자회(自悔)하여 왈(曰) 고(鼓)가 소(小)하면 성(聲)이 또한 소(小)하거늘 오력(吾力)을 량(量)치 아니 하다가 이 모양을 치(致)하얏도다.

# 제40과 물신우상(勿信偶像)

일아(一兒)가 목우(木偶)를 읻으니 면목(面目)이 천연(天然)히 인(人)과 여(如)한지라. 기형(其兄)에게 고왈(告曰) 이것이 천연(天然)히 인(人)과 여(如)치 아니 하오닛가 형 왈(兄曰) 귀(貴)한바는 심령이라. 심령이 무(無)하면 또한 목우(木偶)와 여(如)하니라. 제 왈(弟曰) 그러하면 모든 신상(神像)이 다 차(此) 목우(木偶)와 같으닛가 형 왈(兄曰) 그러하다 신상(神像)을 믿는 자(者)는 다 어리석은 사람이니라.

# 제41과 경쟁심(競爭心)

갑동(甲童)이 일등(一凳)을 내여놓고 을동(乙童) 다려 위왈(謂曰) 차(此)를 뛰여 넘기 내기 하자고 갑동(甲童)이 몬져 뛰여넘거늘 을동(乙童)은 능(能)히 뛰지 몯안지라. 을동(乙童)이 분(憤)히 넉여 집에 도라가 날로 사습(私習)하더니 맞암내 능(能)히 이등(二橙)을 뛰여넘으되 갑동(甲童)은 능(能)히 못하엿다 하니 을동(乙童)은 진실로 경쟁심(競爭心)이 유(有)한 자(者)로다.

## 제42과 우도(友道)

수(水)로써 흙을 취겨 병(餠)과 당(糖)을 맨드러 희롱으로 벗을 준대 벗이 더져바리거늘 그 주던 자(者)가 책(責)하여 왈(曰) 물(物)의 귀(貴)하고 천(賤)함을 물론하고 사람의 주는 바는 반다시 그 뜻을 공경하여 받을 것이어늘 금(今)에 군(君)이 더져바리니 이는 무정(無情)한지라 족히 더부러 교뎨의 도(道)를 말하지 못하겠도다.

## 제43과 무능자(無能者)의 수롱(受弄)

모아(某兒)가 승(蠅)을 착(捉)하야 참대실로써 그 꼬리에 꽂고 등심초(燈心草)를 달아 능(能)히 날지 못하게 하니 승(蠅)이 동(動)한즉(則) 춤추는것과 같은지라. 모아(某兒)가 환왈(歡曰) 승(蠅)이 무능(無能)하야 아(我)의 완롱(玩弄)이 되엿도다. 아(我)도 무능(無能)하면 엇지 인(人)에게 완롱(玩弄)을 면(免)하리오.

# 제44과 자취기구(自取其咎)

모동(某童)이 경(鏡)을 대립(對立)하야 경중(鏡中)의 아(兒)를 보고 더부러 말하되 대답(對答)지 아니 하거늘 주먹을 들어 시(示)한대 경중아(鏡中兒)가 또한 주먹을 드는지라. 모동(某童)이 노(怒)하야 주먹을 들어 격(擊)하니 경(鏡)이 깨여지고 주먹이 상(傷)한지라. 부(父)가 계(戒)하여 왈(曰)경중아(鏡中兒)가 여(汝)에게 무삼 해(害)한 일이 잇느냐 이는 여(汝)의 자취(自取)라 수(誰)를 구(咎)하리오.

# 제45과 계탐욕(戒貪慾)

새벽에 이러나 장중(帳中)의 문충(蚊蟲)을 보니 배가 불은 자(者)는 손으로 치매 곳 터져죽고 배가 불으지 아니 한 자(者)는 손을 갓가히 하면 곳 나라 가는지라. 슯으다 문(蚊)도 식(食)을 탐(貪)하면 배가 터지고 밸이 찢어지니 사람이 화(禍)를 면(免)하고져 할진대 또한 탐욕(貪慾)을 계(戒)할지니라.

# 제46과 인심(仁心)

정생(鄭生)이 물가에서 어(魚)를 조(釣)할새 일어(一魚)를 얻어 기복(其腹)을 본즉(則) 복(腹)이 불으게 자식(子息)을 밴지라. 인(因)하야 물에 바리거늘 사람이 기고(其故)를 물은대 정생(鄭生)이 왈(曰) 내 엇지 일어(一

魚)를 얻어 무수(無數)한 어자(魚子)를 참아 죽이리오.

# 제47과 담력(膽力)

목(木)으로써 일교(一橋)를 맨드니 심(甚)히 좁은지라. 수아(數兒)가 기상(其上)에셔 걸기를 내기 할새 일아(一兒)는 감(敢)히 행(行)하지 못하는지라. 수아(數兒)왈(曰) 이것이 비록 유희(遊戱)나 담력(膽力)을 련습함이라. 인(人)이 담력(膽力)이 무(無)하면 엇지 능(能)히 대사(大事)를 성(成)하리오.

# 제48과 자애(慈愛)

로묘(老猫)가 오아(五兒)를 생(生)하거늘 그 일아(一兒)를 감추엇더니 그 모(母)를 두루 찾다가 능(能)히 얻지 못하고 로묘(老猫)가 또한 그 아(兒)를 찾다가 울기를 심(甚)히 슲어하는지라. 우(吁)라 묘(猫)도 또한 자애(慈愛)하는 도(道)를 지(知)하니 오인(吾人)은 부대 생물(生物)을 괴롭게 말지어다.

# 제49과 용서(容恕)

도화(桃花)가 만발(滿發)하엿거늘 형(兄)이 제(弟)로 더부러 화하(花

下)에서 놀새 한 나비가 날아오는지라. 아우가 쳐셔 잡으니 형(兄)이 갈오대 너도 꽃을 애(愛)하고 나비도 꽃을 애(愛)하거늘 아(我)의 애정(愛情)으로써 접(蝶)의 애정(愛情)을 끈으니 불서(不恕)함이 심(甚)하도다.

## 제50과 애국애동종(愛國愛同種)

군봉(群蜂)이 둥이를 맺고 회의(會議)하여 갈오대 만일 우리의 둥이를 벌(伐)하거나 우리의 동종(同種)을 자해(殘害)하는 자(者) 잇으면 한가지로 찔으자 하엿더니 두 아해가 해하고져 하다가 크게 쏘이엿다니 사람의 국(國)을 유(有)함이 벌의 둥이와 같은지라. 너희 학생(學生)들은 맛당히 국(國)을 애(愛)하며 동족(同族)을 애(愛)할지어다.

## 제51과 비천(卑賤)의 사상(思想)

장가(張家)의 아(兒)가 죽장(竹杖)을 집고 구부렁거리며 걸어지의 모양을 배호아 사람을 보면 애걸(哀乞)하는지라 리가(李家)의 아(兒)가 희롱(戲弄)으로 일전(一錢)을 준대 장가아(張家兒)가 주머니에 엿고 가거늘 리아(李兒)가 대로(大怒)하여 왈(曰) 남자(男子)가 맛당히 호걸(豪傑)이 되기를 자기(自期)할것이어늘 여(汝)는 엇지 하여 걸(乞)인이 되기를 달게 녁이나뇨.

# 제52과 강무(强武)

일아(一兒)가 목(木)으로 마(馬)를 맨드러 편(鞭)으로 백번이나 치되 행
(行)치 아니 하거늘 아(兒)가 노(怒)하여 왈(曰) 편(鞭)하여도 행(行)치 아
니 하니 엇지 덕병을 물너가게 하리오 하고 손으로 목마(木馬)를 모라 덕
병을 치는 형상을 하니 차아(此兒)는 비록 유희(遊戲)로대 그 강무(强武)
의 기(氣)는 가상(嘉尙)하도다.

# 제53과 임기심(任其心)

휴업일(休業日)에 교사(敎師)가 학도(學徒) 다려 물어 왈(曰) 학과(學
課)를 복습(復習)하랴나냐 유희(遊戲)를 하랴나냐 다 갈오대 유희(遊戲)
를 하겟삽나이다. 일학도(一學徒)가 기(起) 왈(曰) 오(吾)는 학과(學課)를
복습(復習)하겟삽나이다. 교사왈(敎師曰) 진실로 학규(學規)에 어김없으
면 각각(各各) 기지(其志)를 좇아 행(行)할지오 셔로 강제(强制)할바는 아
니니라.

# 제54과 망탁(妄度)

류생(劉生)이 한 마귀를 그려 동학(同學)에게 뵈이니 개(皆) 왈(曰) 마
귀와 여(如)하다 하거늘 류생(劉生)이 왈(曰) 군둥(君等)이 진귀(眞鬼)를
보앗나냐. 개(皆) 왈(曰) 보지 못하엿노라. 류생(劉生)이 왈(曰) 그러하면

군등(君等)이 엇지 내의 그린 귀(鬼)로써 갓다하는고 차(此)는 귀(鬼)의 줏을 헛도히 맨든 자(者)라 기실(其實)은 귀(鬼)라는 자(者)는 무(無)하니라.

## 제55과 취용(取用)

추오(秋梧)가 셔리를 지나 엽(葉)이 다 황(黃)한지라. 일동(一童)이 두 다려 땅에 떠러진지라. 야(野)에 버렷더니 일동(一童)은 엽(葉)을 글어가지고 가(家)에 귀(歸)하야 수일(數日)의 밥지음을 지공하엿다니 의(噫)라 천하(天下)에 바릴것이 없으니 인(人)은 맛당히 삶이여 취용(取用)할지로다.

## 제56과 의뢰(依賴)

천(天)이 한(旱)하야 물이 말으니 어(魚)가 능(能)히 생활(生活)치 몰하니 하백(河伯)에게 수(水)를 걸(乞)한대 하백(河伯)이 왈(曰) 천(天)이 우(雨)하지 아니 하면 오(吾)도 능(能)히 자생(自生)을 모(謀)치 몰할터인데 해가에 여(汝)를 도랴보랴 오(吾)이 여(汝)에게 어(語)하노니 의뢰심(依賴心)이 유(有)한 자(者)는 반다시 생활(生活)하기 난(難)하니라.

# 제57과 유지(有志)

하학(下學)한 후(後)에 갑동(甲童)이 제아(諸兒) 다려 일너 갈오대 군등(君等)이 은밀한 곳에 업대엿다가 아(我)의 찾기를 기다리라. 제아(諸兒)가 기언(其言)과 같이 하엿더니 갑동(甲童)이 개개(個個)히 찾아내고 집어하여 갈오대 오(吾)의 지(智)가 족(足)히써 정탐대장(偵探隊長)이 되겟도다.

# 제58과 작위(作僞)를 가계(可戒)

일서(一鼠)가 소묘피(小猫皮)를 입고 동류(同類)를 놀내고져 하려다가 진묘(眞猫)가 견(見)하고 갓가히 래(來)하야 더부러 어(語)하니 서(鼠)가 두려하야 달거늘 서(鼠)의 동류(同類)가 긔롱하고 웃엿다 하니 이것이 엇지 서(鼠)만 그러하리오. 가(假)로써 진(眞)을 란(亂)케 하는 자(者)는 다 차서(此鼠)와 동(同)하니라.

# 제59과 조개와 휼조(鷸鳥)

일일(一日)은 조개가 해볓을 쏘이랴고 구(口)를 벌이고 해변(海邊)에 나왓더니 휼조(鷸鳥)가 조개의 육(肉)을 먹으랴고 드립더 물매 조개가 입을 깍 담으니 둘이다 야단낫소. 휼조(鷸鳥) 왈(曰) 조개야 내 주둥이 노아라 하고 조개는 슬타 너 몬져 내 살을 노아라. 휼조(鷸鳥) 왈(曰) 허허 이 조개 보아라 금일(今日)도 불우(不雨)하고 래일(來日)도 불우(不雨)하면 말은 조개 하나 먹겠다 하니 조개 왈(曰) 하하 이 휼조(鷸鳥)야 네 주둥이 금일(今日)도 불출(不出)하고 래일(來日)도 불출(不出)하면 내가 휼조(鷸鳥)의 육(肉)을 먹겠다.

## 제60과 유희(遊戲)

학교(學校)안에 일초장(一草場)이 잇는데 학생(學生)들이 하학(下學)하고 초장(草場)에 가셔 산보(散步)할새 혹(或)은 체조법(體操法)을 련습(練習)하야 전체(全體)를 운동(運動)하며 혹(或)은 공기(空氣)를 (그 아래 부분은 루락되었음).